Es ist überhaupt nicht meine Art mich despektierlich über andere Menschen zu äußern, die folgenden Formulierungen sind an einigen wenigen Stellen überspitzt ausgedrückt und dienen lediglich der Veranschaulichung.

Alles was als Zitat zu erkennen ist, ist unverändert.
ALLE (!) Namen sind geändert, teilweise auch Geschlecht, Jahr und Ort.

ISBN: 978-3-7693-2899-8
Verlag: BoD · Books on Demand GmbH, In de Tarpen 42,
22848 Norderstedt, bod@bod.de
Druck: Libri Plureos GmbH, Friedensallee 273,
22763 Hamburg

Wer bin ich? Und warum mache ich das Ganze?

Ich komme aus dem Herzen des Ruhrgebietes und habe vor ein paar Jahren die 30 überschritten. Sicherlich nicht sonderlich viel Lebenserfahrung, dennoch bin ich mittlerweile seit 11 Jahren für meinen derzeitigen Arbeitgeber tätig und habe dort diverse Stationen durchlaufen.

Da die Arbeit die dort geleistet wird, mal zu Recht, häufig aber zu Unrecht schlecht geschrieben wird, möchte ich Ihnen einfach einmal einen Einblick in einige Erlebnisse aus dem Lebensalltag eines Job-Center bzw. Agentur für Arbeit Mitarbeiters liefern. Diese sind grundsätzlich so formuliert, dass keine Rückschlüsse auf die Einzelperson möglich sind. Geschlechter, Alter, Nationalität, Schuhgröße oder was auch immer können in einigen Fällen stark verändert sein – spielt aber meistens sowieso keine Rolle.

Alle Erfahrungen die hier geschildert werden, ob schöne, lustige, beängstigende oder absurde sind tatsächlich in der Form erlebt worden, das schreiben dient mir in erster Linie als Ventil und Art

Selbsttherapie, denn dieser Beruf ist tatsächlich nicht immer leicht (dazu am Ende mehr).

Wer stehts überkorrekt formulierte, humor- und sarkasmusfreie Schilderungen sucht, der lege dieses Machwerk jetzt bitte zur Seite und bediene sich anderer Lektüren.

Die Reihenfolge der Erzählungen ist rein zufällig und entspricht eher dem Funddatum meiner Notizen, denn ich hatte so etwas wie das hier schon lange vor…. Zum Teil sind auch die Orte, an denen etwas passiert ist, aus anonymisierungsgründen vertauscht.

Ergänzung 2024:

Es geht wieder los…

Als ich mich hingesetzt habe, um diese Zeilen zu schreiben, oder besser gesagt: um ein weiteres Buch zu schreiben, war ich mir nicht sicher ob ich mich zunächst entschuldigen muss. Oder mit großen Worten Eindruck schinden sollte, um vorherige Fehler zu überdecken. Ich beginne mit einer Entschuldigung.

Einer Entschuldigung an alle die ich bei der Danksagung vergessen habe. Insbesondere bei meiner Herzdame Steffi und meiner Familie.

Sorry!!!! Da war man so sehr damit beschäftigt bloß alle Kolleginnen und Kollegen, sowie die kleinen und großen Helferlein nicht zu vergessen, dass man die wichtigsten Personen im Leben vergessen hat. Den Katzen danke ich nicht, warum auch? Das ständige über die Tastatur laufen hat beim Schreiben doch irgendwie gestört.

Auch muss ich mir eingestehen, dass „Geschichten, die das JobCenter schrieb" (ohne Komma) am Ende doch ein paar Wochen zu früh das Licht der Welt erblickte. Da ist mein Ehrgeiz mit mir durchgegangen. Ein professionelles Lektorat gab mein Budget nicht her (das hat sich bis heute nicht geändert) und so muss man sich ganz selbstkritisch eingestehen, dass am Ende doch einige Fehler zu viel enthalten waren. So konnte ich auch meinem eigenen Anspruch nicht gerecht zu werden. Hier wird es sich auch nicht verhindern lassen, dass ein paar Fehler am Ende unbemerkt bleiben. Aber ich versuche sie stark einzudämmen.

Gleichwohl muss ich mich aber auch bedanken.

Bei allen, wirklich allen, die Band I gelesen haben.
Ich sehe es nicht als Selbstverständlichkeit an, dass
sich jemand für meine geistigen Ausgüsse interes-
siert. Auch bin ich dankbar für all das Feedback,
die zum Weitermachen animierenden Worte und
auch für all die kleinen Tipps welche Situationen
alle nicht in der ersten Auflage aufgetaucht sind.
Bei mittlerweile über fünfzehn Jahren bleibt dann
doch einiges auf der Strecke.

Auflage II wird auch zunächst einmal das letzte
Buch aus beruflicher Sicht sein. Aber das Leben
besteht ja nicht nur aus Arbeit.
Auch kann ich dem geneigten Leser versichern:
Die Entstehung dieser Version hat mehr Zeit in
Anspruch genommen und am Ende dann doch
etwas mehr Sorgfalt bekommen als das erste Buch.
Vom Stil bleibe ich mir treu und genieße meine
künstlerische Freiheit und serviere euch unverschämt unreflektierte Situationen aus dem Berufall-
tag dieser obskuren Behörde.
Mein Dank gilt übrigens dem Menschen, welcher
diese wundervolle Rezension geschrieben hat und
mir mehr oder weniger stumpfes hinterherrennen
und Fake-Geschichten unterstellt hat. An der Stelle
der nette Hinweis:

Ich bin kein stumpfer Befehlsempfänger und bin deutlich reflektierter, aber auch realistischer, als man mir das vorwirft. Alles was in „Geschichten, die das Jobcenter schrieb" (egal ob erste oder zweite Version) vorkommt hat sich wirklich ereignet. Da ist deutlich mehr Realität drin und dran als man es beim lesen (als außenstehende Person) vermuten mag.

Auch wenn es verrückt und unglaubwürdig erscheinen mag. Aber genau so ist diese Welt. Unglaublich verrückt.

Danke für euer Vertrauen. Ich wünsche gute Unterhaltung.

1. Verachtung

Dass dieser Job nicht immer einfach wird, war mir von Anfang bewusst. Auch mit gesellschaftlicher Achtung habe ich eher nicht gerechnet. In meinem Familienkreis war ich der erste der überhaupt einen Bürojob ausübte. Klar klassische Arbeiterfamilie aus dem Ruhrpott halt.

Ja genau da komme ich her. Eine völlig überstilisierte Welt aus Kohle, Stahl und großer Schnauze. Hier ist man direkt, meistens unvorteilhaft ehrlich und Fußballbesessen. Man liebt Currywurst, harte Arbeit und ein gutes Pils. Ähm ja oder so ähnlich. Zumindest ist das so, wenn man einschlägigen Komikern und Fernsehberichten glauben darf. In Wirklichkeit ist es dort eigentlich noch viel besser. Leider führt mich die direkte Art meiner Mitmenschen auch direkt zu einem Punkt, der mit Sicherheit auch in der erlebten Form woanders hätte passiert können, aber im eher kühl distanzierterem Norden ist sowas dann doch deutlich unwahrscheinlicher ist als bei mir „zu Hause"…

Als im Jahre 2007 meine Laufbahn bei der Agentur für Arbeit - sorry aber ein Arbeitsamt gibt es nicht mehr - als einfacher Auszubildender begann habe ich mir die Welt ehrlich gesagt noch etwas anders vorgestellt.

Naiv und blauäugig ging ich davon aus, du bleibst bei der Agentur für Arbeit und zeigst den Menschen den richtigen Pfad in einen ordentlichen Job und rettest sie so vor dem bösen JobCenter.

Ja ich dachte tatsächlich im JobCenter sitzen nur personifizierte Teufel am Schreibtisch und sanktionieren jeden dessen Nase nicht passt. Für mich war das JobCenter eine Institution, die geschaffen wurde um Menschen in schlecht bezahlte Arbeitsverhältnisse zu zwingen. Wie sollte man sich auch ein anderes Bild machen, wenn dieses sogar durch einige Medien vertreten wird?

Grundsätzlich hörte man immer nur wie ungerecht das JobCenter ist und jeder der sanktioniert wurde war sowieso unschuldig und darüber hinaus… die schmeißen ja auch täglich ihre Post weg. Ist ja schließlich auch deutlich bequemer als das Abarbeiten der Poststücke.

Immer muss man jeden Brief zehn Mal einreichen, telefonisch erreichen kann man da sowieso niemanden und am Ende wird man, wenn der Sachbearbeiter so gnädig war jemanden persönlich zu empfangen, unverschämt behandelt.

Joa… Gut… Wenn das so viele erzählen muss ja was dran sein.

Die Erkenntnis, dass selbst im Knast nur unschuldig Verurteilte sitzen und Menschen häufig nicht dazu neigen die eigenen Taten zu reflektieren war bei mir auch eher nicht vorhanden. Ja, man könnte sagen: Grundsätzlich war ich genauso unreflektiert was die Wahrnehmung meines zukünftigen Arbeitsplatzes angeht.

Man war, so kann man das heute durchaus sagen, dumm, kurzsichtig und naiv.

Aber das war sicherlich gut. Hätte ich mich wahrscheinlich sonst eher für einen anderen Ausbildungsplatz entschieden und wirklich etwas verpasst. Denn heute kann ich das so sagen, es war die beste Entscheidung meines Lebens meinen beruflichen Werdegang hier zu starten.

Die ersten Tage vergingen eher unaufgeregt. Erstmal ankommen war das Motto und dennoch wurde einem die Ernsthaftigkeit spätestens in dem Moment bewusst, in dem einem die Ausbilder das Gesetzbuch auf den Tisch donnerten. Sozialgesetzbuch III (SGB III) mit angrenzenden Gesetzen. Format und Druckqualität entsprachen der eines Telefonbuchs und da wurde einem schon bewusst… Fuck… Jura wollte ich eigentlich nicht studieren, aber aufgeben geht jetzt auch nicht mehr. Wie weit war es da also mit der Willkür, wenn man ein solches Telefonbuch direkt zum Einstieg um die Ohren gehauen bekommt?

Ok zugegeben Agentur für Arbeit ist nicht das JobCenter, vielleicht arbeiten die ja anders. Dachte ich…

Und vor allem passte es nicht so hundert Prozentig in mein Weltbild, dass alle wahnsinnig freundlich waren und das nicht nur untereinander. Man wurde gut aufgenommen, nicht von oben herab behandelt und ich kann nach vielen Jahren immer noch behaupten: Ich habe noch nie für jemanden Kaffee gekocht. Völlig überraschend verbringt man auch nicht 90% des Arbeitstages mit Kaffeetrinken und Zeitunglesen. Letztendlich ein glücklicher Umstand, denn mit Kaffee kann ich so gar nichts anfangen.

So vergingen die Tage der Ausbildung, zwischen Praxiseinsätzen, nicht enden wollenden Theoriestunden in denen man erstmal lernen musste wie man die Texte in diesem ominösen Gesetzbuch eigentlich versteht.

Sollte dies hier irgendein Politiker lesen:
Ihr macht es der Welt nicht leichter indem die Gesetztestexte so formuliert werden, dass sie jeder anders interpretieren kann.
In Zukunft bitte: einfache Sprache und ohne Umschweife auf den Punkt kommen. Danke!

Recht schnell wurde mir klar wie antiquiert eigentlich mein Eindruck des „Arbeitsamtes" war. Einen Automaten wo man Nummern ziehen musste gab es nicht, der Umgang am Empfang war ziemlich höflich und respektvoll. Beiderseitig.

Wenn man im Eingangsbereich Pöbeleien vernahm, kam der meistens aus dem angrenzenden JobCenter. Die armen Menschen dort, dachte ich oft.

Auch waren die Flure immer nur im Eingangsbereich vom JobCenter voll und die Wartezeiten hielten sich bei uns tatsächlich in Grenzen. Dies sollte sich ungefähr ein Jahr später durch eine Wirtschaftskrise schlagartig ändern, aber soweit waren wir damals ja noch nicht.

Darüber hinaus erlebte man keine Kollegen mit der oft zitierten „ABGELEHNT!" Haltung.

Es mag den einen oder die andere Kollege/Kollegin gegeben haben, der/die nicht so hundert prozentig feinfühlig war, aber diese Kollegen waren deutlich die Ausnahme und in keinem selbst erlebten Falle reagierten diese von oben herab.

Im Umgang mit Kunden trug ich ständig ein Namensschild, war ja auch nicht schlimm, wenn jemand wusste wie ich heiße. Hier sind alle lieb und nett und keiner will einem was Böses. Die Menschen waren dankbar und erkannten, dass man sich für sie einsetzte.

So tropfte das erste Lehrjahr fröhlich vor sich hin, der Frühling nahte und ich war immer noch froh über meine Entscheidung und allgemein sehr dankbar für die Atmosphäre im Amt.

Die erste Delle in meiner kleinen Wohlfühlwelt folgte an einem ziemlich warmen Tag. Die Anbindung an den öffentlichen Nahverkehr war ziemlich gut und der Fahrweg vom Elternhaus, in dem ich damals noch wohnte, zum Arbeitsplatz tatsächlich mit der Bahn schneller zurückgelegt als mit dem Auto.

Bei den Temperaturen war das dann auch angenehmer als in einem Auto ohne Klimaanlage, das den ganzen Tag in der Sonne stehen musste.

Also war es an sich naheliegend sich morgens in die Bahn zu schwingen, zur Arbeit zu fahren und nachmittags halt wieder zurück.

Und ja entgegen aller Gerüchte dauerte so ein Arbeitstag acht Stunden. Ok, eigentlich sieben Stunden und achtundvierzig Minuten (39 Stunden Woche, zzgl. Pause).

Auch wenn vielleicht nur von 08:00 Uhr bis 12:30

Uhr geöffnet war.

Ich merke ich schweife ab…

Der Tag wurde warm. Eine Jacke blieb im heimischen Schrank, man leistete seinen Dienst ab und begab sich gegen halb vier auf den Weg nach Hause.

Kurz nach dem Einsteigen wurde mir schlagartig in Erinnerung gerufen, dass ich doch glatt mein „Agentur für Arbeit" Namensschild am T-Shirt vergessen habe.

Ein Mittvierziger – welchen ich wirklich noch nie zuvor gesehen habe – der auch irgendwie in diese besondere Welt passte. Kräftiger Typ, dunkle Haare, weißes T-Shirt und Pit Bull Jogginghose gepaart mit Goldkette inklusive Kreuzanhänger. Den Kopf zierte ein bis zur Perfektion durchgestylter Vokuhila. Optisch jemand, der in den Achtzigern hängen geblieben ist oder eben mitten im Ruhrpott zu Hause war. Das Herz hatte er auf der Zunge und so wies er mich doch glatt „höflich" darauf hin, dass er mir (O-Ton): *„JobCenter Wixxer"* das Nasenbein einmal *„quer durchs Gesicht ballern will"*. wenn ich mich jetzt nicht sofort dazu bequemen würde sein Sichtfeld freizumachen. Nette Menschen im Ruhrgebiet. Frei nach dem Motto „aus dem Herzen in die Fresse".

Das mit dem „auf die Fresse" konnte so gerade
eben noch einmal abgewendet werden, dennoch
wurde einem in diesem Moment bewusst:
Kacke, das könnte nicht immer alles so rosa bleiben wie meine derzeitige heile Ausbildungswelt
war. Und gegen diesen Vogel hätte ich auf jeden
Fall den Kürzeren gezogen.
In der brechend vollen U-Bahn erntete der nette
Herr tatsächlich sogar noch von einigen Menschen
Verständnis, die sich in die Pöbelei einmischten.
Durch einen Zufall hatte ich direkt hinter der Fah-
rerkabine Platz genommen, was wohl dazu führte,
dass an der nächsten Haltestelle schon der Sicherheitsdienst der örtlichen Verkehrsbetriebe wartete
und den netten Herrn, der mich ja nur auf mein
Namensschild hinweisen wollte, aus der U-Bahn
entfernte. Hätte auch in die Hose gehen können.
Glücklicherweise sollte dies meine einzige Erfahrung in dieser Hinsicht bleiben. Man wurde dennoch vorsichtiger.

2. Der Archivvorfall

Wo und wann sich das Ganze zugetragen hat spielt nun erst einmal keine Rolle. Dennoch war die Situation, höflich ausgedrückt, etwas verwirrend.

Jeder kennt irgendwoher lange Amtsflure, vergleichbar mit denen eines Krankenhauses. Es ist ruhig, hier und da sind ein paar Sitzgelegenheiten an die Wand geschraubt. In der Regel sind alle Türen geschlossen. Kaum jemand redet, und Wartende gucken meistens einfach nur zum Boden oder starren in ihre Unterlagen, in der Hoffnung, dass sich diese in interessanten Lesestoff verwandeln. Da zu diesem Zeitpunkt dieses Buch aber noch nicht fertig war wurde das wohl nichts. Wenn eine Tür aufgeht wurde hoffnungsvoll nach oben geblickt und es wurden Stoßgebete zum Himmel geschickt, dass man endlich aufgerufen wird. Alles in allem keine wirklich glückliche Atmosphäre, aber meistens sehr ruhig.

Der Tag begann, für mich, sogar ein wenig besser als jeder andere, die Sonne schien. Ja, es war wirklich ein schöner Tag. Die Temperaturen bewegten sich in meinem Wohlfühlbereich. Also irgendwo um die zwanzig Grad.

Durch einen Nebenjob wurde mir für diesen Tag ein Cabrio zur Verfügung gestellt. Also ging es morgens gut gelaunt mit dem säuseln eines 6 Zylinders im Rücken zur Arbeit und man freute sich beim Abstellen schon auf den Heimweg. So etwas fährt man schließlich auch eher selten.

Wenn der Tag schon so begann, was sollte da schief gehen?

Zu dieser Zeit zählte die Bearbeitung von Arbeitslosengeldanträgen zu meinen Aufgaben.

Das Procedere war eigentlich immer das Gleiche: Der/die Antragsteller/in (ich weigere mich diese Kunden zu nennen) bringt dir den Antrag mit den geforderten Nachweisen. Diese wurden tatsächlich vor der Terminbuchung schon auf Vollständigkeit geprüft. Anschließend klimpert man als Mitarbeiter klimpert Ruhe alle Daten in den Computer, schaut noch mal ob es irgendwelche besonderen Dinge zu beachten gibt, klärt offene Fragen und wenn alles plausibel ist, gibt man den Fall zur Kontrolle an einen weiteren Kollegen, der diesen dann freigibt. Im Anschluss bekommt (in diesem Falle) der Antragsteller den Bescheid in die Hand gedrückt mit der Information wie viel Geld er denn für welchen Zeitraum zu erwarten hat.

Da wir beim ersten Kapitel ja beim Willkürgedanken waren, dieser lässt sich hier schlecht aufrechterhalten. Jeder Fall wurde von zwei Kollegen bearbeitet, damit sich eben keine Fehler oder im schlimmsten Falle absichtliche Benachteiligung einschleichen konnten.

In diesem Falle hatten wir leider einen Menschen zu Gast, welcher für seine Situation selbst verantwortlich war, indem er den Job hingeschmissen hat. Er hatte Stress mit dem Chef und das rechtfertigte schon eine Kündigung. Für ihn ja – für uns nicht. Dies hatte zur Folge, dass zwölf Wochen kein Arbeitslosengeld gezahlt werden durfte. Eine Sperrzeit trat also ein. In dieser Zeit kann beim JobCenter Unterstützung beantragt werden, also verhungern würde er nicht, auch wenn es ein paar harte Wochen werden würden. Die vollen Leistungen würde er auch dort nicht erhalten.
Ungewöhnlich war im Laufe des Gespräches schon, dass die betroffene Person die Information nahezu reaktionslos aufnahm.
Großartig Gedanken darüber hat man sich in dieser Situation nicht gemacht, immerhin kann es ja durchaus sein, dass den Antragstellern das vorher schon bewusst war.

Wobei unser Antragsteller hier eher nicht den Eindruck vermittelte sein Handeln intensiv reflektiert zu haben.

Die Verabschiedung war relativ kühl, aber das war nun mal zu erwarten. Zuletzt erwähnte der Herr noch beiläufig, dass er noch einmal mit seinem Bruder wiederkommen würde.

Auch sowas kann in solchen Situationen schon einmal vorkommen. Mal war es die Verwandtschaft, gelegentlich auch der Anwalt.

In der Regel sind solche Aussagen dem Frust geschuldet und leere Drohungen.

Das Gespräch war zu Ende, der nächste Antrag auf dem Tisch und eine nette, ältere Dame wartete auf ihren Arbeitslosengeldbescheid. Es knallt und scheppert auf dem Flur.

Wohlwollend könnte man dem Herrn jetzt zugutehalten: Er hat sein Wort gehalten. Wenn man böse ist könnte man sagen: Er kann nicht zählen. Ja, er war wieder da. Er war nicht alleine, statt zu zweit waren sie zu viert.

Die glorreichen Vier begannen auf dem Weg zu meinem Büro gegen jede Tür zu treten. Einen Sicherheitsdienst gab es damals in unserem Amt nicht. Nach und nach sprangen alle Türen auf, der erste Kollege telefonierte schon einmal die Polizei herbei. Auf dem Gang wurde es relativ voll und hektisch. Ein wartendes Pärchen ergriff die Flucht. So richtig wusste aber niemand wie man reagieren sollte. Solche Situationen sind tatsächlich die absolute Ausnahme.

Ein Kollege, der sich eigentlich um die Archivakten kümmert und zugegeben der wahrscheinlich netteste Mensch auf Erden ist nahm sich völlig überraschend der vier Herren an.

Nennen wir unseren Archivmenschen mal Volker. Volker konnte keiner Fliege etwas zu leide tun, sagt man Volker: „Spring aus dem Fenster", so fragt dieser nur nach der Etage und setzt zum Sprung an. Auf Grund einiger körperlicher Einschränkungen sieht Volker darüber hinaus alles andere als einschüchternd aus. An sich der perfekte Kollege in so einer Situation. Wer könnte Volker etwas antun? Im Nachhinein muss man sagen: Mut hatte er auf jeden Fall oder etwas umgangssprachlicher; dicke Eier hat er bewiesen.

So stellt er sich den wütenden Herren in den Weg und sagt:

(O-Ton) *„Naja wir können uns das Ganze ja noch mal ansehen, folgen Sie mir mal, dann holen wir mal die Akte aus dem Archiv."*

Und ab geht's Richtung Keller. Dort befindet sich ein ehemaliger Luftschutzbunker in dem man tatsächlich einige Altfälle aufbewahrte.

Volker geht vor, die Herren folgen und natürlich ungefähr 10 Kollegen, die sich in dem Moment, nicht unerhebliche, Sorgen um die Gesundheit unseres Aktenhalters machten. Zu unserer aller Überraschung war die erste Aggression tatsächlich schlagartig verschwunden.

Das Archiv ist erreicht, Volker, höflich wie er ist, lässt den Herren den Vortritt und schließt hinter diesen die Tür, um dann breit grinsend zu sagen:

„Dann warten wir mal auf die Polizei, das ging ja jetzt besser als gedacht."

Einige Minuten später traf dann die Polizei mit etlichen Beamten ein und beförderte die (wie sich später herausstellte, polizeibekannten) Herren zu Boden und anschließend aus dem Gebäude.

Für Volker hatte seine Reaktion leider noch ein dienstliches Nachspiel. Seine Reaktion kam bei den Vorgesetzt nicht ganz so gut an, wie beim Rest des Teams. Man hätte den Herren die Möglichkeit zur Flucht lassen sollen.

Von mir gab es für diese Reaktion meinen vollsten Respekt und ein ordentliches Mittagessen.
Volker hat in der Situation keine Gefahr für sich erkannt und würde nach eigener Aussage wieder so handeln.

„Watt soll da schon passieren? Wer so einen Krawall veranstaltet will nur Angst machen und haut dir keine auf's Maul…"

Die Polizei sah das übrigens anders und warnte davor so etwas noch einmal zu machen…

3. Aus dem Knast ins JobCenter…

Kontakt zu Menschen mit, sagen wir mal, gebrochenen Lebensläufen sind in diesem Job nichts Ungewöhnliches. Drogenkarrieren, Knastaufenthalte oder Selbstständigkeiten in Branchen mit zweifelhaftem Ruf waren mit den Jahren nichts außergewöhnliches mehr.

In der Zwischenzeit hatte mich mein Werdegang in ein JobCenter (immer noch im Ruhrpott) verschlagen.

Das Bild, welches ich vor meiner Ausbildung, von dieser Einrichtung hatte konnte der Realität natürlich nicht standhalten.

Zu komplex die Einzelfälle, die meisten Kollegen zu motiviert und man lernte tatsächlich schnell, dass *„ich habe das schon tausend Mal abgegeben"* in der Regel bedeutete: Du hast irgendwas abgegeben, aber nicht das Richtige. Wobei man sagen musste, je höher die Zahl der angeblichen Abgabeversuche, desto wahrscheinlicher ist es, dass tatsächlich gar nichts eingereicht wurde.

Zu meinen Aufgaben gehörte die Bearbeitung von Leistungsangelegenheiten und in einigen Fällen halt auch persönliche Vorsprachen der von mir betreuten Personen.

In diesem Falle stand ein Herr im Kalender – nennen wir ihn Kurt – welcher die letzten Jahre in einer Haftanstalt in Ostwestfalen eingesessen hatte. Das wirkt jetzt etwas merkwürdig, aber Gespräche mit Menschen mit ähnlicher Vorgeschichte zählten immer zu meinen Lieblingsvorsprachen.

In den meisten Fällen wurden getroffene Abmachungen eingehalten, die Personen haben oftmals schnell erkannt was sie tun müssen um weiter zu kommen und in der Regel wirkte der Haftaufenthalt tatsächlich als Denkzettel. Die meisten wollten ihr Leben wieder auf die Reihe bekommen. Viele lernen aus ihren Fehlern und da ist man doch gerne der Türöffner in ein neues Leben. Wie gesagt, ich habe mir diesen Job gewählt, weil ich wirklich helfen möchte.

Kurt war ein höflicher Mensch, Mitte fünfzig, leicht ergraut mit einem kleinen Bäuchlein, wenn man ihn sah konnte man sich eigentlich nicht vorstellen wie ein so netter Mensch es geschafft hat so viele Jahre in Haft zu verbringen.

Da wir nicht erfahren wieso, weshalb, warum jemand „Urlaub auf Staatskosten" machen darf/muss (und man es auch nicht wissen muss) bleibt da oft nur die eigene Phantasie.

Da erfahrungsgemäß diese mit der Realität wenig zu tun hat, hat dieses Nachdenken irgendwann mal aufgehört und man orientiert sich an nüchternen Fakten.

Kurt erzählte mir, dass er sich eigentlich eher Sorgen über sein „neues" Leben in Freiheit machte. Eine eigene Wohnung, selber waschen, kochen, putzen. Alles Dinge die er schon jahrelang nicht mehr gemacht habe. Wo kaufe er ein, was passiert, wenn das Geld nicht reicht?

Die bloße Vorstellung machte ihm Angst. Sorgen die man sich mit einem relativ gerade verlaufenen Lebenslauf nicht vorstellen kann, gehören halt auch zu unserem Berufsalltag. Irgendwie tat er mir von Anfang an ein wenig leid, auch wenn ich mir im Laufe des Gespräches immer wieder eingeredet habe: Er war mit Sicherheit nicht unschuldig drin. Und so plätscherte das Gespräch vor sich hin, zwischenzeitlich stellte sich noch heraus, dass Kurt auf jeden Fall noch Arbeitslosengeld beantragen muss, denn auch im Knast kann man Ansprüche auf Arbeitslosengeld erwerben.

Er hat dort in der Küche gearbeitet um sich ein paar Annehmlichkeiten zu erarbeiten.

Ein Umstand der ihm wohl auch die vorzeitige Entlassung auf Bewährung ermöglicht hat und wahrscheinlich jetzt bitter bereut wurde. Das Leben in Freiheit hat er sich wohl zunächst weniger Bürokratisch vorgestellt.

Kurt blieb im gesamten Gespräch durchgehend höflich, auch wenn man ihm ansah, dass ihm eine weitere Antragstellung, in einem anderen Amt, jedenfalls nicht zusagte und er sowieso schon nicht an meinem Tisch sitzen wollte.

Als das Gespräch sich dem Ende näherte, Dinge wie Mietkaution, Mietzahlung und auch das eigene Konto geklärt waren, blickte Kurt für ein paar Sekunden regungslos in mein Gesicht. Auf die Frage ob alles in Ordnung sei antwortete er

„Bitte erschrecken Sie sich jetzt nicht und bleiben ruhig sitzen."

Kurz darauf stand er auf, griff an den Besuchertisch, der an meinen Schreibtisch gedübelt war, und riss diesen ab und schmiss ihn an die Wand. Anschließend bat er darum die Polizei zu rufen.

Er habe beschlossen für ihn sei ein Leben in Freiheit nichts und er möchte wieder zurück „nach Hause".

Letztendlich musste ich seitdem viel über den Herren nachdenken, er hat irgendwo doch einen nachhaltigen Eindruck hinterlassen.

Und so hoffe ich, dass er sich doch noch mit seinem Leben in Freiheit arrangieren konnte und die Chance auf einen Neustart wahrgenommen hat.

4. Fanpost I

In dieser Kategorie stelle ich Ihnen einfach nur unkommentiert Briefe vor die mich im Laufe der Beschäftigung, irgendwie, erreicht haben. Zum Teil werden einzelne Passagen entfernt. Allerdings nicht um diese Inhaltlich interessanter zu machen, sondern nur um die Persönlichkeitsrechte des Absenders und des Betroffenen zu schützen.

Diese Ausschnitte dienen nur zur Veranschaulichung womit man es hier regelmäßig zu tun hat. Gerade das folgende Beispiel verdeutlicht, dass einige der von uns betreuten Menschen tiefergehende Probleme haben und eine Integration in den Arbeitsmarkt nicht immer zu realisieren ist. Zumindest nicht sofort.

In Fällen wie diesen müssen zunächst gesundheitliche Einschränkungen ausgeräumt werden:

„Sehr geehrte Damen und Herren,

hiermit kommen wir Ihrem Wunsch nach, darzustellen,
warum das Beschäftigungsverhältnis mit XXXX endete.
Zunächst hat sich XXXX als höflicher und zuvorkommen-
der Bewerber erwiesen.

Nach seiner Einstellung wurde schnell klar, dass er Schwierigkeiten hat, sich an feste Termine zu halten. Darüber
hinaus kam er mehrere Tage kommentarlos nicht zur Arbeit. Neben dem eben genannten Umstand kam noch hinzu,
dass er sich mit den beim Kunden vor Ort befindlichen Mitarbeitern gestritten und dort auch Hausverbot erteilt bekommen hat.

Als wir darauf hin versuchten XXXX zu erreichen, hat
sich dieser lauthals über uns beschwert. Es fielen Wörter wie:
[das kann ich beim besten Willen nicht wiedergeben].
Grundsätzlich würden wir als Arbeitgeber jeden schlecht
behandeln und seien Sklaventreiber. Auf Grund seiner
zunehmenden Aggression mussten wir XXXX ein Hausverbot für unsere Niederlassung erteilen. Er hat nahezu
jeden Mitarbeiter in unserem Hause beleidigt, angeschrien
und massiv bedroht.

Er verabschiedete sich mit einer Drohung, dass er sich Zutritt zum Gebäude verschaffen würde und dann könnte man
ja sehen.

Ich hoffe Sie verstehen, dass wir mit XXXX nicht weiter zusammenarbeiten möchten."

5. Die Hände gebunden…

Leider gibt es auch immer wieder Situationen in denen man regelrecht hilflos daneben steht, während man eigentlich alles möglich unternehmen möchte um seinem Gegenüber zu helfen. So auch an diesem warmen Tag.
Irgendwie spielen sich die ersten Fälle alle im Sommer ab. Scheint eine Jahreszeit zu sein, welche für denkwürdige Momente sorgt.

Meine ersten Erfahrungen als Arbeitsvermittler sammelte ich im Norden. Genauer an der Elbe in Hamburg.
Der Stadtteil, in dem ich diese Erfahrungen sammeln durfte, zählt nicht unbedingt zu den wohlhabenden.
Der Ruf, der diesem vorauseilt, hat mit Sicherheit auch schon für den einen oder anderen Nervenzusammenbruch gesorgt, als Kollegen erfuhren, dass sie dort ihren Dienst verrichten dürfen. Der Ruf ist vergleichbar mit Duisburg Marxloh, der Dortmunder Nordstadt oder diversen Berliner Stadtteilen, die aus Funk und Fernsehen bekannt sind.
Die Bevölkerungsstruktur ist dort schon etwas spezieller und auch hier und dort sieht es so aus als

wenn man aufgegeben hat. Die perfekte Kulisse für einen postapokalyptischen Film würde man hier finden. Die Band Incantatem hat genau hier ihr Musikvideo zu „das Leben" gedreht.

In diese Kulisse fügten sich halt Menschen ein, die dort gerne lebten und auf keinen Fall dort wegwollten. Welche die keine Perspektive mehr sahen. Es war einfach ihr Stadtteil, ihr zu Hause und letztendlich ihre besondere Welt.

Und auch wenn man das nicht unbedingt versteht, so habe ich dort sehr gerne gearbeitet, man traf auf viele Menschen die echt dankbar dafür waren, dass man sie nicht abgeschrieben hat.

Im Allgemeinen war alles recht gemütlich und nach einiger Zeit kannte man sich. So war das dortige JobCenter eher klein und auch in der Pause lief man dem Termin vom Vormittag gerne mal über den Weg. Es wurde nett gegrüßt und man kam miteinander aus.

Das JobCenter war hier so etwas wie eine zentrale Anlaufstelle und mit dieser stellte man sich meistens gut.

Leider haben diese speziellen Strukturen dort auch für ganz spezielle Probleme gesorgt.

Sicher wäre das auch woanders möglich gewesen,

aber in diesem Falle spielt es halt eine Rolle, dass
dieser Stadtteil etwas wie eine Dorfgemeinschaft ist.
Man witzelte manchmal, dass es hier eine unsicht-
bare Mauer gäbe, denn für einige der dort lebenden
Menschen war schon der Weg in den benachbarten
Stadtteil, welcher mit öffentlichen Verkehrsmitteln
nahezu perfekt angebunden war, zu weit.

Man kennt sich, man zieht selten weg und irgendwie ist alles sehr zentral, dass man sich dann doch
regelmäßig über den Wege läuft. Nahezu alle Kinder dieses Stadtteiles gehen auf dieselbe Schule,
man geht am selben Ort einkaufen, man trifft sich
im JobCenter und man hängt Abends an den selben Orten ab.
Im Kalender stand ein Termin mit einer jungen
Dame, welche zuvor primär mit Abwesenheit
glänzte. Schon als ich den Fall gesichtet habe um
die Einladung zu erstellen habe ich mich gefragt
wie es jemand erfolgreich schafft mehrere Jahre
nicht im JobCenter aufzutauchen.
Innerlich bin ich tatsächlich davon ausgegangen,
dass man auch diesmal wieder niemanden antrifft
und wenn doch jemand da ist?
Dann wird es ein ernstes Gespräch über Verpflich-
tung zur Mitarbeit, regelmäßiges Erscheinen und

halt die möglichen Konsequenzen wenn es so weiter geht wie bisher.

Die passende Grundeinstellung war aufgebaut und ab in den Wartebereich. Zur ersten Überraschung stand tatsächlich eine junge Dame auf.

Diese wirkte gar nicht so abweisend und desinteressiert, wie es leider in ähnlichen Fällen sehr oft der Fall ist.

Recht schnell entwickelte sich ein Gefühl, dass mir sagte „da stimmt was nicht…". Also nachgebohrt, beruhigend hinterfragt und immer wieder Hilfe angeboten.

Vor meinem inneren Auge lief bereits die Uhr ab, so hat man doch in der Regel nicht wirklich viel Zeit für ein Gespräch.

Aber hier schien etwas Geduld angebracht. Es lohnt sich hartnäckig zu bleiben flüsterte ich mir selbst zu, muss der nächste Termin halt leider etwas warten.

Das konsequente Nachhaken zeigte Wirkung, als die Dame merkte, dass ich nicht vorhabe ihr den Kopf vom Halse zu reißen fasste sie sich den Mut und erzählte mir was die letzten Monate – eigentlich die letzten 2 Jahre - so los war.

Grundsätzlich war ich vor dem Termin der Meinung, dass man nach über zehn Jahren alles gehört haben musste, aber dieses Gespräch hat mich echt erstmal aus den Socken gehauen und mir die Sprache verschlagen.

Als sie anfing zu reden kullerten schon die ersten Tränen über das Gesicht der jungen Frau. Nennen wir das Mädel einfach mal Maria.

Maria war jahrelang mit einem Freund der Familie zusammen und hat mit ihm ein gemeinsames Kind, dieses besucht mittlerweile die Schule in unserem Stadtteil.

Nach einiger Zeit verliebte sie sich neu und heiratete ihren aktuellen Ehemann. Dieser akzeptierte das Kind aus der vorherigen Beziehung und an sich konnte nichts die Familienidylle trügen.

Leider entpuppte sich der Kindesvater als gigantischer Schmutzfleck auf dem Bild der heilen Familie.

Maria wohnte in einem großen Wohnblock, ziemlich anonym, ein klassischer grauer Betonklotz wie man ihn aus vielen Großstädten kennt.

Der Kindesvater schien sich irgendwie Zutritt zum Haus verschafft zu haben, oder die Tür zum Hausflur stand offen – so genau konnte das niemand sagen.

Als er die junge Familie entdeckte stach er im

Treppenhaus der Familienwohnung dem neuen Partner von Maria von hinten in den Rücken. Dieser überlebte den Angriff nur knapp, befindet sich immer noch im Genesungsprozess. Auch Maria nahm dabei Schaden, wenn auch nur seelisch. Aber auch sie befindet sich immer noch in Behandlung. Bisher konnte keine Verurteilung erreicht werden und der Angreifer hat die Untersuchungshaft wieder verlassen, es bestehe – laut Gericht - keine Fluchtgefahr.

Leider war das erst der Startschuss. Im Laufe des Gespräches zeigte Maria mir ein Handyvideo, welches mutmaßlich vom Kind gemacht wurde, wie der Kindesvater die junge Mutter mit einem Messer bedrohte und immer wieder in einer, mir fremden, Sprache anbrüllte. Mit aller Gewalt versuchte Maria die Tür zu schließen, was ihr am Ende auch gelang. Ihrer Beschreibung nach aber nur weil ein Nachbar im Treppenhaus nach dem Rechten gesehen habe. Als die Tür geschlossen war hörte man den Herrn noch *„dann hole ich mir nächste Mal mein Kind"* brüllen. Merkwürdigerweise auf Deutsch.
Meine Gefühlswelt geriet in diesem Gespräch zum Teil schon erheblich in's Schleudern. Man legt sich mit den Jahren ein dickes Fell an, hört echt einige

echt üble Schicksale, aber speziell dann, wenn Kinder involviert sind läuft es einem kalt den Rücken hinunter.

So führte die Situation zu einem Schwanken zwischen Mitgefühl, Respekt gegenüber Maria, die den Mut hatte mir die ganze Situation zu offenbaren, zwischen Verachtung und Wut über das unmögliche Verhalten des Ex-Freundes.

Leider war das tatsächlich erst der Anfang des Unverständnisses.

Maria hatte so eine Angst um ihr Kind, dass sie nicht bereit war das Video der Polizei vorzulegen. Sodass dieses [hier bitte eine Beleidigung Ihrer Wahl einfügen] doch tatsächlich weiter auf freiem Fuß war.

In diese Gefühlslage mischte sich zunehmend weiteres Unverständnis, erzählte mir Maria doch, dass das Verfahren wegen versuchten Mordes noch nicht abgeschlossen war, aber bis zum Gerichtstermin keine Haftgründe vorliegen würden. Noch verwunderlicher war, dass der Vater eigentlich noch ein Umgangsrecht zu seinem Kind eingeräumt hat. Auch wenn dieses erst einmal ausgesetzt war.

Schnell hatte ich Verständnis dafür entwickelt, dass die junge Frau erst einmal andere Sorgen als ihren

Arbeitsvermittler hatte. Aber was tun?

Von Seiten des JobCenters darf die Polizei nicht eingeschaltet werden, vor allem dann nicht, wenn die Dame ausdrücklich dagegen war.

Es steht mir auch nicht zu, sie zu diesem Schritt zu zwingen. Nach einem wirklich langen Gespräch konnte zumindest eine gemeinsame Kontaktaufnahme zum Jugendamt erreicht werden, denn wie eben erwähnt, der Kindesvater hat noch Umgangsrecht bzgl. des gemeinsamen Kindes. Das Jugendamt hat sich diesem Fall auch sehr schnell angenommen um eine weitere Gefährdung des Kindes auszuschließen.

Leider gelang es mir nicht Maria dazu zu überreden noch einmal Kontakt mit der Polizei aufzunehmen…

Die Unterbringung im Frauenhaus lehnte Maria ebenfalls ab, zu groß die Angst, dass der Kindesvater das Kind von der Schule abholt oder ihr anderweitig auflauert.

So steht man da – vor dem Scherbenhaufen zweier junger Leben und kann nichts tun…

Leider hatte ich seitdem keinen Kontakt mehr zu Maria und kann Ihnen nicht sagen, was aus der Familie geworden ist.

6. Abrechnung

Wir schreiben das Jahr 2011, den genauen Tag bekomme ich beim besten Willen nicht mehr zusammen. Die noch lebenden unter euch werden sich erinnern, es war nicht alles toll in dieser Zeit.
Vor allem nicht in dieser von Arbeit, Zerfall, Veränderung und gefühlter Armut geprägten Gegend.
Ein Bürgermeister aus dem nahen Düsseldorf sagte einmal „da will man nicht Tod über'n Zaun hängen."
Ja richtig, wir befinden uns in der Nähe von Duisburg. Wer noch nie im Ruhrgebiet war, dem sei ein Zitat von Frank Goosen ans Herz gelegt:
„Das Ruhrgebiet hat sich, im wahrsten Sinne des Wortes, das Recht erarbeitet, sich hemmungslos zu stilisieren und sich zu dem zu bekennen, was es einzigartig macht, nämlich eben jene Arbeit. Zumindest die von früher. Und trotzdem stehen wir an lauen Sommerabenden auf unseren Eisenbahnbrücken, schauen auf unsere Städte, freuen uns darüber, wie schön das Leben mit Abitur sein kann und denken: Nä, schön is dat nich. Abbc meins! Oder wie es mein Oppa auszudrücken pflegte: Ach, woanders is auch scheiße!"

Morgens um kurz nach fünf stand man auf dem Balkon seiner bescheidenen zwei Zimmer Wohnung und blickte auf die in der Ferne aufgehenden Sonne. Es war kühl, eine Hose wäre vielleicht bei diesen Temperaturen angebracht gewesen, aber für eine Scheibe Toast vor dem Aufbruch zur Arbeit benötigte man bekanntlich keine Hose.

Die Nacht zuvor war kurz, irgendwie kam man nicht ins Bett. Ein Wecker nimmt darauf bekanntlich wenig Rücksicht. Der eigene Arbeitgeber übrigens auch nicht.

Es war einer dieser Momente in denen man sich fragte „warum wurde ich nicht als Millionär geboren?". Vielleicht war es besser so, Geld verändert einen. Länger schlafen wäre natürlich dennoch eine feine Sache gewesen. Der Toast war schnell verschlungen. So war man zwar nicht um Nährstoffe reicher, aber der Magen war zumindest gefüllt. Das besserte die Laune nur kurzfristig, noch einmal am Arsch gekratzt und rein in die warme Bude.

Das vorwurfsvolle Geschrei der Stubentiger wurde gewissenhaft ignoriert. *„Ich gehe doch nur arbeiten, damit ihr was zu futtern habt, da kann ich doch nicht einfach zu Hause bleiben."*

Verstehen würden sie das wohl nie. Egal wie oft ich es ihnen noch verzweifelt erklärte. Vielleicht wollen sie es auch einfach nicht kapieren. Egal wie sehr ich versuchte die Zeit zu schinden – es nützte nichts.

Also: duschen, anziehen und runter in den Wagen der einen zur Arbeit befördern sollte…

Es war ein Ford Focus ST. Nicht, dass es in irgendeiner Form relevant wäre. Was übrigens für alle Zeilen bisher gilt. Aber ich habe dieses Auto wirklich gemocht. Es war einer der „guten" mit fünf Töpfen. Wenn der Motor losbollerte und die Nachbarn fluchten, wurde einem klar warum man morgens aufstand.

Einige empfinden das vielleicht als präpubertär und kleingeistig aber ich mochte das. Sehr sogar. Was heißt eigentlich mochte? Mag ich immer noch.

Heute würde man schnell als Autoposer abgestempelt werden, 2011 führte der Wagen noch zu interessierten Benzingesprächen an den Tankstellen. Wenn einen schon die Arbeit, an diesem Tag, nicht motivierte, dann doch dieser bezaubernde Klang von verbrennendem Benzin auf dem Weg zu eben dieser.

Zugegeben, dass ist in der heutigen von Feinstaubdebatten geprägten Zeit ziemlich rückständig. Aber so war ich, ach was: so bin ich! In einigen Wesenszügen primitiv aber glücklich.

So entflog man noch halb verschlafen dem Alltagstrott und genoss die Fahrt über die leere Autobahn zu „seinem" JobCenter. Es nieselte leicht, aber dennoch machte sich der nahende Sommer bemerkbar. Noch im Auto sitzend machte man sich keine Gedanken darüber, welche Berge an Arbeit am Ziel auf einen warten sollten.

Im Büro angekommen, wurde einem schon die tägliche Post gebracht. Schnell gesichtet, nach Priorität sortiert und los ging es.

Die Menge an zu bearbeitenden Poststücken deutete darauf hin, dass wohl wieder nicht alles am selben Tag geschafft wird. Wahrscheinlich wäre dies auch in drei Tagen nicht möglich gewesen. Die Situation im entsprechenden Team war zu dieser Zeit stark angespannt. Personell ausgedünnt, ein weiteres Team im Haus fast komplett ausgefallen. Bringt ja alles nix, man muss draus machen was möglich ist. Also wurde das angegangen was wirklich wichtig war und dringend fertig werden musste. Es vergingen die ersten Stunden des Tages.

An sich war es kein besonderer Tag, Zeit zum Langweilen hatte man nicht. Zeit seine Kollegen mit den Fußballergebnissen vom Wochenende zu nerven leider auch nicht. Es war eine Zeit in der mein VfL gar nicht so schlecht spielte. Die Saison endete auf Platz 3, die erste Liga rief. Im Nachhinein hatte Gladbach hatte etwas dagegen... Der

Rest ist (Zweitliga)Geschichte. Ja, ich gestehe: Es ist lange her und ich schweife ab.

Persönlich ist mir letztendlich eine hohe Arbeitsbelastung lieber, als die Möglichkeit die Hände in den Schoß zu legen und dabei dem Sekundenzeiger beim weitersausen, oder eher beim weiterkriechen, zuzusehen. So weiß man Ende des Tages wenigstens, dass man etwas getan hat.

Aus meinem zwischenzeitlichen Arbeitstrott riss mich ein klingelndes Telefon.

Eine willkommene Abwechslung. Meine Arbeit bestand zur damaligen Zeit im Wälzen von Papierakten. Da war fast jede menschliche Ablenkung willkommen. Eine Kollegin unterrichtete mich kurz darüber, dass bei ihr am Tisch ein Herr sitze, der doch etwas ungehalten war.

Die Lautstärke im Hintergrund verriet deutlich, dass musste die Untertreibung des Jahrzehnts sein. Lautstärkentechnisch lag diese Situation ungefähr zwischen der meiner Mutter (wenn man mal wieder mit dem Messer in der beschichteten Pfanne rumfuchtelte) und einer Atombombe.

Irgendwas stimme mit seiner Betriebskostennachzahlung nicht und der Vermieter würde Druck machen. So viel war der Mischung aus Gebrüll und Schimpfworten zu entnehmen. Es dauerte ein par

Minuten, aber dann war ich mir sicher: Die Akte hatte ich nicht auf dem Tisch, also konnte auch keine Post unbearbeitet sein.

Hmm, das war schon komisch. Schnell die Akte besorgt, reingesehen. Immer noch verwunderlich: damals gab es so etwas im JobCenter noch aus Papier. Die Älteren unter den Lesern erinnern sich vielleicht. Der Blick in eben diese Papierakte verriet: keine Betriebskostenabrechnung da. Also wurde diese entweder einer falschen Person zugeordnet, oder gar nicht erst eingereicht.

Um mal wieder etwas Bewegung in den, viel zu fetten, Körper zu bekommen, eilte ich zur anrufenden Kollegin. Eine persönliche Klärung würde die Lage vielleicht beruhigen.

Der Herr bei ihr, war etwa Mitte vierzig. Großgewachsen aber nicht sonderlich kräftig gebaut. Abgesehen von seiner Körpergröße ein eher durchschnittlicher Typ. Er schien auf dem Weg zur Arbeit zu sein, er trug schließlich Arbeitskleidung und sein Verhalten deutete auf extremen Zeitdruck hin. Im Laufe des Gespräches stellte sich heraus, dass unser Herr davon ausging, dass der Vermieter die Rechnung an uns gesandt habe.

Dies passierte nicht. Das wäre auch in der Tat sehr ungewöhnlich. Da die Miete selten direkt durch das Jobcenter überwiesen wurde, gerade in Fällen mit Einkommen nicht, weiß ein Vermieter oftmals auch nichts vom Leistungsbezug. Das soll ja auch so sein. Bei aller Aufregung blieb jedoch am Ende die Feststellung: Was wir nicht haben, können wir auch nicht bearbeiten. So weit so logisch.

Leider war das unserem Herrn nicht zu erklären und so redete er sich weiter und weiter in Rage. So sehr, dass sich am Ende das Sicherheitspersonal gezwungen sah einzugreifen.

Nun wurde es richtig bunt. Ein paar Flyer flogen quer über den Tisch, die Lautstärke nahm ein paar weitere Stufen zu und es deutete alles darauf hin, dass hier sehr bald die Fäuste flogen.

Aus dem Holster seiner Uniform zog der Herr seine Waffe und donnerte sie auf den Tisch. Er schrie den Kollegen vom Wachdienst mit knallrotem Kopf ins Gesicht:

„Wir klären das jetzt draußen!"

und ging vor die Tür.

Die Teamleitung rief währenddessen die Polizei. Die überraschend schnell anwesend war. Wahrscheinlich hat die Geräuschkulisse im Hintergrund den Jungs und einem Mädel noch etwas Beine gemacht.

Ins Gebäude kam der Herr nicht mehr, dafür auf die Rückbank eines Streifenwagens. Die gewünschte Keilerei bekam er allerdings auch nicht. Als er das Gebäude verließ, schloss der Sicherheitsdienst einfach hinter ihm die Tür.

Neben dem völlig unangebrachten Verhalten im JobCenter hatte er nun noch weitere Probleme.

Er kassierte bereits seit Monaten fleißig Leistungen, ohne dem JobCenter mitgeteilt zu haben, dass er für ein Sicherheitsunternehmen einen Geldtransporter fuhr. Die Waffe hätte er nur im Dienst tragen dürfen und sie erst recht nicht auf den Tisch liegen lassen dürfen…

Am Ende blühte ihm eine Menge Ärger. Ob in dies zum Nachdenken anregte ist unbekannt. Die Betriebskostenabrechnung kam etwa zwei Wochen später kommentarlos per Post.

Direkt vom Leistungsbezieher und nicht vom Vermieter. Wenigstens das hatte funktioniert.

Ein wirkliches Nachdenken wie extrem die Situation hätte enden können, setzte bei uns erst später ein. Vielleicht auch besser so. Wie er mit der Waffe ins Gebäude gekommen war, konnte sich auch niemand erklären. Auch ist sie uns bis zu dem Moment wo sie auf den Tisch gedonnert wurde nicht aufgefallen. Weder dem Wachdienst, noch den Kollegen / Kolleginnen unten im Eingangsbereich.

Dies war auch die letzte Situation mit Schusswaffe - versprochen!

Kleiner Hinweis zur Transparenz:
Ort und Jahr wurden hier sehr großzügig angepasst.

7. Dreist

Es gibt nicht mehr viele Dinge, die einen in diesem Beruf mit der Zeit sprachlos machen.

Wenn es schwerste menschliche Schicksale sind, so ist es doch völlig normal, dass man an seine Grenzen stößt oder sich danach erst einmal die Seele frei reden muss. Manchmal kommt es jedoch auch einfach vor, dass einen merkwürdiges menschliches Verhalten doch sprachlos macht und einen regelrecht überrascht. Oder wie in diesem Falle einfach die Dreistigkeit des Auftretens.

Wir befinden uns wieder im Ruhrgebiet. Zur Fallbesprechung befand ich mich im Büro eines Arbeitsvermittlers, der dieselben Personen betreute wie ich in der Leistungsabteilung.

Nichts Ungewöhnliches, denn manchmal bekommt man seine betreuten Personen nur dann an den Tisch, wenn Leistung und Vermittlung Hand in Hand arbeiten. Beziehungsweise Informationen die den Einen erreichen, gehen nicht immer automatisch an den Anderen. So ist kollegialer Austausch unumgänglich. Außerdem musste man durchaus an einem Montagmorgen den Kollegen mal damit aufziehen, dass sein Verein schon wieder verloren hat. Wie bereits erwähnt: Fußball spielt eine große Rolle im Pott.

Im Nachbarbüro war es deutlich ungemütlicher. Man vernahm durch die dünnen Wände jedes Wort und die Aggression die dort im Raume stand war auch im Nachbarbüro noch greifbar.

Offensichtlich kam die Einladung des Vermittlers im Nachbarbüro nicht wirklich gut beim Eingeladenen an.

Ein inhaltliches Gespräch fand soweit man das hören konnte eigentlich nicht statt. Der Vermittler versuchte den Betroffenen zu beruhigen, der wiederrum nur mit wirren Anschuldigungen, Beleidigungen und Verschwörungstheorien glänzte. Normalerweise hätte ich an dieser Stelle bereits das Gespräch abgebrochen, unser Kollege bewies jedoch, dass sein Geduldsfaden aus Titan bestand.

Sein Telefon werde wegen des JobCenters abgehört, der Außendienst würde seinen Müll durchwühlen und sowieso gibt es keine rechtliche Legitimation für unser Handeln. Alle Behörden würden zusammenarbeiten um ihm das Leben zu zerstören. Eine geheime Macht lenke doch das Handeln des JobCenters. Das JobCenter sei eigentlich ein Instrument der Zeitarbeit um weitere Sklaven zu rekrutieren.

Dinge die einen mit ein paar Jahren Erfahrung ziemlich kalt lassen und man auch irgendwie schon tausendmal gehört hat. Solche Aussagen offenbaren vor allem, dass dieser Herr dringende Hilfe benötigte.

Da absolut keine Beruhigung der Situation zu vernehmen war entschlossen wir uns das Büro zu verlassen um mal höflich beim Kollegen nachzufragen, ob man helfen kann. In den meisten Situationen sorgt so etwas für schnelle Entspannung der Lage. Die Fluchttür welche beide Büros verbindet wurde bewusst vermieden, um dem Kollegen im Ernstfall nicht im Wege zu stehen.

Also über den Gang nach drüben…

In dem Moment als wir das Büro verlassen haben riss besagte Person die Tür auf, macht noch mal einen Schritt zurück in das Büro, griff einen Besucherstuhl und warf ihn quer durch das Büro.

So schnell wie der Wurf erfolgte ergriff besagte Person auch direkt die Flucht.

Dem Kollegen wurde die Situation gar nicht so schnell bewusst wie sie geschehen war und guckte eher fragend aus der Wäsche. Der Stuhl traf die Wand und hinterließ dort eine ordentliche Macke. Wenn dort der Kopf vom Kollegen gewesen wäre, hätte das sicherlich einen Krankenhausaufenthalt zur Folge gehabt.

Laut fluchend zog der eingeladene währenddessen von dannen:

„Die Kanaken kriegen sowieso alles in den Arsch geschoben (…) hier arbeiten eh nur Schlampen!"

Nette Worte zum Abschied.

Aber auch schon tausend Mal gehört. An sich wäre dieser Vorfall gar nicht die Erwähnung wert, denn so traurig das klingt, bis auf den fliegenden Stuhl ist das Ganze schon fast Alltag.

Mit dem betroffenen Kollegen wurde noch kurz besprochen wie denn nun weiter verfahren wird. Immerhin wäre ein Hausverbot durchaus ange-bracht bei unserem Aggressor. Und wer so auftritt soll schließlich auch für sein Auftreten belohnt werden. Sicher, dass entbindet nicht von der Pflicht beim Vermittler zu erscheinen und eingeladen wird man auch weiterhin.

Aber so bekommt man immerhin etwas Geleit-schutz, denn die folgenden Termine würden nur noch in Begleitung des Sicherheitsdienstes stattfin-den.

Etwa drei Minuten nach dem der Herr das Büro verlassen hat, stand dieser wieder in der Tür.

Es kommt gelegentlich vor, dass sich einige Personen noch entschuldigen möchten. Ein wenig Selbstreflexion setzt ab und zu bekanntlich mal ein.

Nun stand der Herr drei Personen gegenüber, was ihn jedoch nicht davon abhielt einmal ins Büro zu brüllen:

„Ach ja, ich war da! Also sanktionieren ist nicht!"

Und so schnell wie er wieder da war, war er auch wieder weg. Und recht hatte er. Sanktionieren ist nicht… Anzeigen schon.

Zu seinem Vorteil war die ganze Aktion aber mit Sicherheit nicht, aber wie die Geschichte weiter ging gehört hier wahrlich nicht mehr hin…

8. Arbeitsverweigerung…

Es soll Menschen auf diesem Planeten geben, die arbeiten nicht gerne. Dass man mit diesen als Arbeitsvermittler zwangsläufig zu tun hat ist auch nicht weiter ungewöhnlich.
Oft kommen fadenscheinige Ausreden warum etwas nicht geht. Sei es der Job gefalle einem nicht, der Fahrweg ist zu weit, Zeitarbeit gehe überhaupt nicht und sowieso alle Chefs sind Ausbeuter.

Meine persönliche Meinung, und diese deckt sich netterweise mit dem Gesetzestext, ist: Solange der Steuerzahler für mich aufkommen muss (das ist erstmal ok) habe ich Himmel und Hölle in Bewegung zu setzen, damit dieser Zustand endet.
Erfordert eine nachhaltige Arbeitsaufnahme eine Qualifikation nehme ich an dieser teil und ansonsten sehe ich zu, dass ich mich aus dieser misslichen Lage befreien kann.
Es spielt für mich nüchtern betrachtet keine Rolle, ob du 20 Minuten in der Bahn sitzt, dir die Nase vom Chef nicht passt oder der Stundenlohn 12 Cent unter deiner Vorstellung ist.
Arbeitsangebote die körperlich und geistig zu realisieren sind, mit der Kinderbetreuung vereinbar

sind, sind anzunehmen.

Wenn einem dieser Job nicht gefällt kann man sich aus dem Job heraus immer noch auf etwas anderes bewerben.

Funktioniert übrigens deutlich besser, als aus der Arbeitslosigkeit heraus.

Soweit Grundsätzliches.

Diesmal bin ich nicht direkt betroffen.

Eine Kollegin, nennen wir sie Laura, hat als Termin ein Erstgespräch im, elektronischen, Kalender stehen.

Solche Gespräche werden direkt nach der Antragsstellung auf Arbeitslosengeld II geführt, damit die Vermittlung sofort aktiv werden kann und den Betroffenen keine Zeit verloren geht. Denn: Mit jedem Tag Arbeitslosigkeit wird eine weitere Arbeitsaufnahme schwerer.

In der Regel sind dies die angenehmsten Gespräche. Mit der Zeit des Leistungsbezuges wächst auch oft die Frustration, das Gefühl eigentlich nichts mehr wert zu sein und es sowieso nicht zu schaffen. Eine Lage die einige Arbeitgeber nicht unbedingt verbessern, indem sie nicht antworten, oder im schlimmsten Falle ihre Bewerber wochenlang Probearbeiten lassen und sich dann nicht mehr melden.

Dieser Zustand der Selbstaufgabe ist bei „neuen"
Empfängern oftmals noch nicht zu erleben. Auch
ist so am ehesten noch eine gewisse Tagesstruktur
vorhanden, die mit der Zeit oftmals verloren geht.
Darüber hinaus ist man bei solchen Menschen auch
noch am freisten was den zukünftigen Weg angeht,
es wurden noch keine Qualifikationen gestartet,
oftmals ist man nicht auf einen Berufszweig festge-
nagelt.

Nun, in diesem Standort wurden die Erstgespräche
nach der Mittagspause geführt. Laura sagte in der
Pause schon, dass sie mit einem schweren Ge-
sprächsverlauf rechne.
Igor hat sich wohl bereits bei der Antragstellung
leicht danebenbenommen. Eine entsprechende
Vorwarnung erhielt Laura von dem Kollegen, welcher das Antragsausgabegespräch führte. So haben
wir vereinbart, dass ich im leeren Nachbarbüro
meine Arbeiten verrichte, damit im Falle des Falles
eingegriffen werden kann. Unser Wachdienst sollte,
während des Gespräches, vor dem Büro auf dem
Gang verweilen.
Laura war jetzt auch noch relativ frisch in diesem
Job und hat aggressive Kunden nicht wirklich oft

am Tisch gehabt. Wirkliche aggressive Gesprächs-
verläufe sind tatsächlich sehr selten und auch nichts
worauf man vorbereitet ist, wenn man es nicht
schon einmal erlebt hat.

Igor erschien mit seiner Frau zum Termin, eine
nette osteuropäische Dame, die schon auf dem
Gang freundlich grüßte. Igor selber erschien eher
als ein Mensch der wortkargen Sorte.

Das Gespräch selber verlief zunächst relativ ruhig,
ging es doch zunächst auch nur um die Dame des
Haushaltes.

Zwischenzeitlich stellte ich mir schon die Frage
warum ich eigentlich nicht in meinem Büro saß.

Als es um Igor ging wendete sich das Blatt dann
leider doch noch. Igor verweigerte zu nahezu allen
Fragen die Antwort. Dies führte immer zu hastigen
Entschuldigungen seiner Frau. Er würde ziemlich
viel trinken und daher gehe es ihm aktuell nicht so
gut.

Nachdem, mit viel Mühe und Not, soweit alle rele-
vanten Daten aufgenommen waren ging es darum,
was man bei uns „Strategie entwickeln" nennt.

Sprich: wir haben nun das Fundament, nun schau-
en wir was wir darauf bauen können und was müssen wir tun um das zu realisieren.

In welchen Beruf möchten wir eine Arbeitsaufnahme anstreben, wie sehen dort die Vermittlungschancen aus, muss noch etwas qualifiziert werden?
Oder muss man unrealistischer Vorstellungen beseitigen, reichen die Sprachkenntnisse?
Neben dem wiederherstellen von Motivation ist das in etwa unser tägliches Brot. Der Weg in Arbeit ist oftmals weiter als man es, als außenstehende Person, annimmt.
Die Frage die sich sehr oft stellt ist; Wie erarbeitet man eine Strategie, wenn die Person gegenüber nicht mitarbeitet?
Einen Berufswunsch zu diktieren wird nicht funktionieren, dann steht zwar was im Computer, aber von Mitarbeit der anderen Seite kann nicht ausgegangen werden. Wer nicht mitarbeitet, wird am Ende auch keine Arbeit aufnehmen.
Mit einer unmenschlichen Geduld redete Laura immer wieder auf Igor ein und versuchte auch nur den Ansatz einer Idee zu entdecken, mit der unser Igor in den richtigen Job vermittelt werden kann.
Oder zumindest einfach mal ein Wunschberuf genannt wird. Der Ehefrau war die Situation deutlich sicht- und hörbar unangenehm.

Als es konkret darum ging einen Zielberuf zu formulieren war Igor nicht mehr so wortkarg. Nein, er ist regelrecht erwacht und blühte auf seine Art und Weise auf.

Zugegeben, er hat schlechte Erfahrungen mit einem Zeitarbeitsunternehmen gemacht, dieses hatte ihn entlassen und die Lohnzahlungen standen noch aus. Dass diese tatsächlich eher der Ausnahme entsprechen konnte ihm nicht vermittelt werden.

Vor diesem Hintergrund kann man vielleicht den Grundgedanken, dass er nicht mehr in seinen alten von Zeitarbeit geprägten Beruf zurückmöchte nachvollziehen. Aber was nun folgte überraschte uns dann doch deutlich.

Sehr eindeutig machte Igor klar, dass er grundsätzlich gar nichts von einer Arbeitsaufnahme halten würde. Auch nicht in anderen Berufen.

„Schicken Sie mir auch nur ein Stellenangebot zu, bringe ich meine Tochter, meine Frau und danach mich um!" (O-Ton).

Ich begann im Nebenraum schon fleißig mit zu schreiben. Bedrohungen sind grundsätzlich niemals zu akzeptieren, aber wenn das körperliche Wohl von Frau und Kind bedroht werden hört der Spaß endgültig auf – vor allem dann, wenn auch noch das Leben von Kollegen bedroht wird. Was leider nach diesem Satz folgte. Immer wieder versuchte

seine Frau ihn zu beruhigen. Jedoch redete sich
Igor weiter und weiter in Rage. Er habe nicht um-
sonst zehn Jahre in Deutschland gearbeitet, das
müsse nun erst einmal reichen und jeder der versuche ihn in Arbeit zu bringen schwebe in Lebensge-
fahr.

An eine weitere Gesprächsführung war nicht mehr
zu denken und gemeinsam mit dem Sicherheitsdienst erlösten wir Laura und brachten Igor, mit
seiner sichtlich geknickten Frau, aus dem Gebäude.
Nicht ohne Hinweis, dass wenn sie Hilfe benötigt
sich doch bitte an uns oder die Polizei wenden
kann.

Die Aufforderung von Igor, uns vor der Tür mit
ihm auseinanderzusetzen haben wir großzügig abgelehnt.

Leider war die Geschichte noch nicht zu Ende…
Einige Tage später erreichte uns eine E-Mail von
einem Arbeitgeber bei dem sich unser Igor beworben hat. Zumindest das war überraschend. Er wirkte im Gespräch nicht unbedingt nach jemandem,
der sich aktiv um Arbeit bemühen würde. Die E-
Mail enthielt eine Bitte um Rückruf. In der Regel
endet dies in einer Anfrage von Fördermöglichkei-
ten. Da wir doch was Förderungen angeht, einem

gewissen Druck unterlagen, eine dankbare Aufgabe,
wenn man Igor dadurch eine neue Perspektive
schaffen kann umso besser.

Immer noch ziemlich überrascht darüber, dass sich
Igor tatsächlich bewirbt wurde der Arbeitgeber
zurückgerufen, schon in der Hoffnung hier eine
Arbeitsaufnahme realisieren und unseren Igor dann
vielleicht sogar wieder abmelden zu können.

Dieser berichtete von einem telefonischen Vorge-
spräch und davon, dass man Igor grundsätzlich
sehr gerne einstellen würde.
Der Lebenslauf wäre sehr zutreffend, die Qualifikationen würden passen und man war sich sicher,
dass Igor sich in die Struktur des Unternehmens
einfinden würde.
Klingt erst einmal gut. Leider verlief das Telefonge-
spräch dann doch etwas anders, als sich der Arbeitgeber das vorgestellt hat.
Ein solch motivierter Bewerber muss doch auch für
den Arbeitgeber eine Premiere gewesen sein.
Igor kündigte an, dass er selbstverständlich sofort
für ein Vorstellungsgespräch bereit stehen würde
und er sich auch sofort auf den Weg machen könnte.
Allerdings nur bewaffnet und um jeden aus dem

Leben zu reißen, der ihm einen Job anbietet…
Da bleibt natürlich die Frage im Raum: Warum hat
er sich überhaupt bei diesem Unternehmen gemel-
det?

Mittlerweile beschäftigt Igor intensiv das Jugendamt und die Polizei, es bleibt nur zu hoffen, dass
seine Familie ihn wieder zur Vernunft bringen kann
oder die Reißleine zieht bevor schlimmeres passiert.

9. Der Monitorvorfall

Aus diesem Vorfall könnte man glatt einen Tatort machen. Nun gut das ist etwas übertrieben, kinotauglich ist der Stoff dann wahrscheinlich auch nicht und da es eine deutsche Verfilmung wäre, würde wahrscheinlich Til Schweiger die Hauptrolle spielen und das ist niemandem zuzumuten.
Aber, wie so oft, auch die Situation ist am Ende doch etwas ungewöhnlich. Vor allem ist sie bisher – zumindest für mich - einmalig.

Der Tag begann eigentlich schon ziemlich bescheiden. Morgens um fünf klingelt der Wecker, wie immer, man rollt aus dem Bett und fühlt sich als sei man zwei Wochen durchgehend verprügelt worden. Kann ja eigentlich nur besser werden denkt man sich dann oder redet man sich ein. Irgendwie braucht man ja doch eine gewisse Motivation um sich dann doch auf den kühlen verregneten Weg zur Arbeit zu machen. Der Weg zur Arbeit war auch eher beschissen. Man lässt sich in den Sitz seines Autos gleiten und stellt dann fest: Das Stoffdach ist undicht und der Fahrersitz ist pitschnass. Also begann der Tag schon einmal mit einer nassen Hose. Im Kofferraum hatte ich glücklicherweise noch eine Jacke liegen, die ich erstmal auf dem Sitz ausbreiten konnte, um es nicht noch schlimmer werden zu lassen.

Die letzten Wochen waren bereits von einem großen Andrang an Antragstellungen auf Arbeitslosengeld geprägt. Die Anspannung war täglich bei den Kollegen, aber auch auf der anderen Seite des Schreibtisches spürbar. Die Wohlfühlatmosphäre, die ich zu Beginn meiner Ausbildung kennenlernen durfte, war zu dieser Zeit verflogen. „Willkommen in der echten Arbeitswelt" mag der Eine oder Andere nun denken, aber hundertfünfzig Arbeitslosengeldantragstellungen täglich mit einer Hand voll Kollegen abzuwickeln machte dann doch keinen Spaß. Zum Glück verflog diese Zeit auch wieder. Der Ort an dem sich der folgende Vorfall ereignete sah von oben etwa aus wie eine liegende Acht. An jeder Ecke befanden sich Notausgänge, es gab eine Tiefgarage und zwei große Haupteingänge. Den Aufbau einfach mal merken.

Im Laufe des zu dieser Zeit völlig normalen Arbeitstages ertönten Lautsprecherdurchsagen man möge doch bitte sofort das Gebäude verlassen, es bestehe eine Gefahrensituation.
Darauf wurde sofort reagiert, eine Übung war nicht

angekündigt. Auch Gerüchte über diese machten keine Runde. Wenn man sich doch in einer Behörde auf eines verlassen konnte, dann auf den Flurfunk. Sprich: Gäbe es eine Übung, hätten wir irgendwas vorher erfahren.

Der Wartebereich war brechend voll und zu diesem Zeitpunkt die Wartezeiten durchschnittlich zwischen einer und zwei Stunden.

Die Wirtschaftskrise hatte uns voll im Griff und so waren wir eigentlich froh über jedes Gespräch, das halbwegs schnell abgeschlossen werden konnte.

Den Alarm konnten wir also überhaupt nicht gebrauchen.

Es war nicht einfach den Wartenden zu erklären, dass wir nun alle das Gebäude verlassen müssen.

Selbstverständlich würden im Anschluss alle in derselben Reihenfolge abgearbeitet werden wie sie aktuell auf unserer virtuellen Warteliste stehen.

Hätte das Gebäude gebrannt, wäre das Diskutieren wohl nicht gerade förderlich gewesen, aber nach ein paar Minuten war das Gebäude dann doch geräumt.

Draußen stellte sich dann heraus, es gab (mal wieder) eine Bombendrohung. Es gab eine Zeit, da war das regelrecht in Mode.

Wir wussten schon, das dauert…

Spürhunde mussten aus den Nachbarstädten ange-
fordert werden, die Polizei würde jeden Zentimeter
des Dienstgebäudes durchsuchen.

Und so vergingen die Stunden an diesem ziemlich
grauen, arschkalten Tag. Es nieselte und eigentlich
wollten wir doch alle wieder rein, es gab ja eine
Menge zu tun. Und allen war klar, jeder Mensch der
anwesend war wurde auch abgearbeitet und die
Zeit entsprechend hinten drangehangen. Die Wartenden können ja auch nichts dafür und es ist ja
sowieso schon beschissen genug zu uns kommen
zu müssen.

Nach etwa zwei bis drei Stunden durften wir das
Gebäude wieder betreten und irgendwas war anders. Hatten wir uns doch vor kurzem alle erst über
neue Monitore gefreut, so stellten wir nun fest, dass
unsere Schreibtische auf einmal ganz schön leer
waren…

Bei uns im Team, sowie in einem weiteren Team,
fehlten etliche Monitore auf den Tischen.

Die Bereiche, in denen wir arbeiteten, waren offen
und frei zugänglich. Es waren klassische Groß-
raumbüros.

Soweit ich das recherchieren konnte, konnte bis

heute nicht festgestellt werden wie die Monitore
das Gebäude verließen. Die Sammelpunkte befanden sich alle in Sichtweite der Notausgänge. Das
Gebäude war quasi von Mitarbeitern umstellt.
Skully, Mulder: Übernehmen sie!
Der Anfangsverdacht, dass eine Handwerksfirma
ihren Transporter in der Tiefgarage vollgepackt hat,
konnte nicht bewiesen werden.
Die Begeisterung bei den Personen, die zuvor
schon lange gewartet haben und nun unvollrichte-
ter Ding nach Hause geschickt werden mussten
hielt sich verständlicherweise stark in Grenzen.

10. Brandschutzschulung

Zugegeben, Texte über Schulungen klingen jetzt erst einmal nicht so spannend und wahrscheinlich haben Sie als Leser*in (ohne das böse zu meinen, aber ich mag dieses Gendersternchen nicht ;-)) auch schon lustigere, spannendere Dinge gelesen. Aber nun ja… Zähne zusammenbeißen und durch! Es reicht ja, dass ich den Tag unterhaltsam fand.

Wie in vielen anderen großen Unternehmen auch, wurden bei uns im Standort ebenfalls Sonderaufgaben im Sinne von „Ersthelfer", „Evakuierungsbeauftragter" oder eben „Brandschutzhelfer" (oder so ähnlich) vergeben.
Eine Aufgabe die man zähneknirschend annimmt und hofft, dass man nie gebraucht wird.
Irgendeine Blitzbirne kam auf die Idee, dass ich mich im Umgang mit dem Feuerlöscher wohl ganz gut machen würde und ernannte mich kurzerhand zum Brandschutzhelfer (oder sowas ähnliches). Es hätte schlimmer kommen können, Ersthelfer oder sowas. Pflaster kleben und im schlimmsten Falle wirklich jemanden ins Leben zurückholen. Ne dann lieber ans Feuer, da kann man am Ende immer noch auf die Feuerwehr zeigen und sagen „Sorry,

aber das Feuer war eindeutig zu groß für mich".

Dies ging mit einer entsprechenden Schulung bei der Berufsfeuerwehr einher. Mit dieser Erkenntnis nahm meine Begeisterung schlagartig zu.

Yeah geil… Dinge anzünden und löschen und das in der Arbeitszeit.
Gut der Steuerzahler findet das Ganze wahrscheinlich jetzt weniger cool als ich.
Aber: Vorsicht ist besser als Nachsicht!
Meine Fresse war das jetzt weise und regelrecht philosophisch. Passt gar nicht zu mir. Darüber hinaus war das Ganze eine wunderbare Möglichkeit endlich mal wieder einen Tag in kurzen Hosen zu verbringen. Kurzes Beinkleid war ja sonst im Dienst eher nicht so beliebt. Denn es war, wie so oft in diesem Buche, wieder einmal Sommer und ausnahmsweise mal wieder echt warm. Böse Zungen behaupteten, ich hätte die Brände auch mit meinem Schweiß ersticken können.

Mit ein paar anderen Gestalten aus meinem Standort ging es dann zum Schulungszentrum der Feuerwehr.
Ein Herr, der als Rettungswagenfahrer bekannt aus

„Achtung Kontrolle" ist, zeigte uns zunächst ein recht unspektaläres Video und erklärte uns allerhand Dinge mit denen man löschen könne und was noch wichtiger war: Dinge mit denen man das besser nicht täte.

Klar im Idealfall nimmt man den Feuerlöscher, dann aber darauf achten ob man damit auf Steckdosen zielen darf, Löschdecken, Sandeimer und so weiter und sofort. Irgendwie war das dann alles doch langweiliger als erwartet.

Zwischenzeitlich gab es lecker Mittagessen und ein wenig Praxisunterricht am Feuerlöscher.

Da war er endlich der Moment auf den man eigentlich die ganze Zeit wartete.

Ein gigantisches Feuer, manch Ketzer wird behaupten es war eine kleine Tonne in der ein paar Holzreste angezündet wurden, wurde entfacht und man musste einen Feuerlöscher entsichern und die infernalische Feuersbrunst ausschalten.

Gesagt getan, also so im dritten Versuch.

Der bescheuerte Sicherungsstift wollte nicht so wie ich wollte…

So zählte ich wahrscheinlich zu den ersten Menschen, die es dort geschafft haben den Sicherungsstift abzureißen ohne den Feuerlöscher zu entsichern.

Im Ernstfall klappt das besser, vielleicht. Also ich hoffe es für euch.

Es folgte noch eine spezielle Unterrichtung zum Thema Löschdecke. Das ideale Mittel um Personenbrände zu ersticken, ohne dass die entsprechende Person dabei erstickt (wieder was gelernt). Was nun folgte war eine kleine Einweisung in asiatischer Kampfkunst, da Jackie Chan nicht zur Verfügung stand mussten wir uns auf das Notwendigste beschränken.

„Jemand der brennt, wird wahrscheinlich nicht dabei stehen bleiben, also um Andere und euch zu schützen am besten von hinten die Beine wegtreten und dann mit der Löschdecke auf ihn stürzen."

Na gut kriegen wir hin, riecht dann aber bestimmt nach angebrannten Käsefüßen. Ausprobieren durften wir das leider nicht, ob das also in der Praxis klappt kann ich euch an dieser Stelle nicht berichten. Dies ist ein kleiner Spoiler, dann so etwas ist mir bisher tatsächlich nicht passiert.
Was anschließend folgte waren noch ein paar Warnhinweise. So in etwa: zünden sie nicht ihre

Kollegen an um das Ganze zu lernen und zu demonstrieren. Kennt man ja.

Welcher Arbeitnehmer hat noch nicht spontan das Bedürfnis gehabt seine Kollegen in Brand zu setzen?

Aber auch folgender – Achtung! Hier wird wieder was gelernt:

„Wenn man beobachtet, dass der Mensch, welcher zu spontaner Selbstentzündung neigt zu viel Brandbeschleuniger (Alter!? Woher soll ich das wissen????) *verwendet, bringt euch und eure Kollegen in Sicherheit und denkt daran: Reisende soll man nicht aufhalten.“*

Auch sollte man sich fragen ob man nicht die kulturellen Hintergründe verletzt wenn man ohne vorherige Erlaubnis den selbstentzündeten Menschen löscht…

Jaja ich gebe zu: In der Situation war das viel lustiger als jetzt beim Schreiben. Aber ich stehe auf diesen bitterbösen Humor der Hamburger Feuerwehr.

Und natürlich werden wir jeden brennenden Menschen löschen, bei dem das ohne Eigengefährdung möglich ist. Selbst wenn die Person das nicht möchte.

11. Beim Einschlafen helfen…

Sicherlich hat man in diesem Beruf viele Funktionen. Darüber hinaus muss man in der Lage sein individuell auf unterschiedlichste Situationen und Anliegen reagieren zu können. Aber es gibt Erfahrungen die man im Laufe seiner „JobCenter Karriere" macht, die schon etwas merkwürdiger sind als man sich das zuvor so vorgestellt hat. Die sich darüber hinaus auch nicht mit dem Arbeitsvertrag, beziehungsweise den eigentlichen Aufgaben, vereinbaren lassen.

Wir befinden uns mal wieder im Sommer. Diesmal so richtig, nicht wie sonst in Deutschland fünfzehn Grad und Regen, sondern irgendwas kurz vor oder nach dreißig Grad.
So wirklich meine Temperaturen sind das nicht, und das obwohl ich zu diesem Zeitpunkt noch mit der Schattenseite des Gebäudes gesegnet war. Über zwanzig Grad fängt meine Wohlfühlzone schlagartig an zu schmelzen. Zwischenzeitlich wünschte man sich einen Arbeitsplatz in der Hölle, da wird es doch bestimmt kühler sein und als personifizierter Teufel (zumindest was die öffentliche Wahrnehmung von JobCenter-Mitarbeitenden angeht) wäre

das ein angebrachter Arbeitsort.

Zum Zeitpunkt dieser Erfahrung war ich für unsere jüngeren Mitmenschen zuständig, sprich jeder der oder die (oder das?) unter fünfundzwanzig Jahre alt war konnte, ohne Termin, am entsprechenden Schreibtisch landen.

Ganz ehrlich, mit dieser Zielgruppe habe ich echt gerne zusammengearbeitet. Zum einen war man (damals) noch nicht so weit von „deren" Alter entfernt und zum anderen bin ich irgendwie bei dem Alter, welches meinen Körper ziert, noch nicht so wirklich angekommen. Es soll finstere Gestalten geben die werfen mir das heute noch vor.

Jugendlicher Wahnsinn gefangen im leicht – ok, streichen wir das leicht - übergewichtigen Körper eines Dreißigjährigen plus X.

Die Atmosphäre in diesem Bereich war auch deutlich entspannter und unverkrampfter.

Die Ansprachen recht direkt, die Verständigung meistens etwas besser, da ein Großteil der Jugendlichen in Deutschland die Schule besucht hat.

Auch mit dem „du" habe ich noch nie Probleme gehabt. Abgesehen davon nehmen einen die meisten Jugendlichen ernster, als jemanden Mitte fünfzig der denkt „da sitzt jetzt so'n Rotziger und will dir erzählen wie das Leben funktioniert". Denn tatsächlich sehe ich deutlich jünger aus als ich bin. Also saß man dort an seinem Schreibtisch, Anfang dreißig, etwa zwanzig Kilo zu viel auf den Rippen und ein Gesicht wie ein eingeworfenes Kellerfenster und bereitet sich auf das nächste Gespräch vor.

Es folgte Nancy auf der Liste der abzuarbeitenden Kunden. Anfang zwanzig, sah eigentlich sogar ganz nett aus. Mal was für's Auge schadet ja auch nicht. Mehr als für's Auge kommt dann aber auch nicht in Frage. So bin ich doch wegen einer Frau in den hohen Norden gekommen und nun ja ihr kennt das ja, gefuttert wird immer zu Hause.
Darüber hinaus halte ich es frei nach Stromberg: „Man steckt seinen Füller nicht in Firmentinte".
Aber vergessen wir das und werden wir mal wieder etwas ernsthafter:
Das Gespräch lief von Anfang an jedoch irgendwie anders. Etwas gedrückter.
Man merkte schon, dass die junge Dame durchaus ihr emotionales Paket mit sich herumtrug und irgendwas sie stark belastete.
Oftmals waren es in diesem Alter Kleinigkeiten, die unsere Jugendlichen aus den Bahnen geworfen haben. Aber meistens reden diese dann auch ganz

offen darüber.

Hier war das leider anders. Man musste ihr jedes Wort aus der Nase ziehen. Nancy war also eher hübsch, freundlich aber extrem ruhig bis distanziert und schweigsam.

Vielleicht war es etwas dem Umstand geschuldet, dass es im Wartebereich echt voll war. Was nichts anderes heißt als: nach Nancy warteten noch viele Andere und bei den Temperaturen war meine Geduld sowieso nicht gerade stark ausgeprägt, von Beginn an zählte ich irgendwie die Sekunden bis zum Ende des Gespräches.

Grundsätzlich handelte es sich hier um einen einfachen Fall.

Nancy hat ihre Ausbildung verloren, ist zuvor wegen dieser in unsere Stadt verzogen, die Eltern lebten im Ausland. Sie hatte vor die Ausbildung woanders zu beenden, sodass eine Rückkehr in den Elterlichen Haushalt ausgeschlossen war. Vorher lebte sie bei ihrem Onkel, der sie aber nicht wieder aufnehmen wollte.

Sprich Nancy brauchte dringend finanzielle Unterstützung von Seiten des JobCenters.

Einen Arbeitslosengeldanspruch hatte sie leider nicht erworben, dafür war die Ausbildungszeit zu kurz.

Klar muss man sich fragen was dazu geführt hat, dass sie nun ohne Ausbildungsplatz dastand.

Zunächst führte sie dies auf hohe Fehlzeiten zurück.

Och… nicht schon wieder so Eine, die merkt das Schule entspannter war und die Arbeitswelt nicht mit rosa Einhörnern auf Regenbögen gespickt ist.

Zack, schon hatten mich meine Vorurteile zumindest für eine Sekunde wieder erwischt.

Soll vorkommen, aber man unterdrückt diese ja und fliegt mit einer gewissen Professionalität durch die Gespräche.

Auf Nachfrage lockerte sich dann auch nach und nach Nancys Zurückhaltung. Meine Vorurteile sind natürlich auch sofort wie ein Kartenhaus in sich zusammengefallen. Erstens kommt es anders und zweitens als man denkt…

Ihr ganzes Umfeld war von heute auf morgen in sich zusammengebrochen.

Mit der zweiten, oder dritten, gefühlt aber zwanzigsten Nachfrage, was denn zur Kündigung geführt habe, brachen dann alle Rededämme.

Ihr Freund sei ein Arschloch und sie habe ihn mit einer Bekannten im Bett erwischt. Dabei sei sie doch nur wegen ihm in diese Stadt gezogen. Die

Ausbildung hätte sie wahrscheinlich auch woanders machen können.

Alle Menschen die sie sonst so kenne würden im Süden Deutschlands oder im Ausland leben. Sie hätte seitdem Schlafstörungen und es belaste sie alles sehr. Zunächst sei sie durch den Stress krank geworden und durch die Schlafstörungen unkonzentriert, deswegen sei sie entlassen worden.

Klar habe ich für so eine Situation Verständnis, es ist nicht einfach, wenn man seinen Lebensmittelpunkt verlagert, alles aufgibt und dann am Ende so bitter enttäuscht werden wird. Da hätte ich auch Probleme zu schlafen und das erlebte zu verarbeiten.

Dennoch sollte man seinen Kopf nicht im Sande vergraben, denn es geht immer irgendwie weiter, auch wenn es nicht immer leicht ist.

In solchen Fällen mutiert man zum Motivator, Ihre Antwort auf meine Ausführungen kam dann doch etwas überraschend:

„Ach wissen Sie, darüber war ich schnell hinweg. Mir fehlt einfach etwas Anderes, wissen Sie, wenn man abends mit dem Partner ins Bett springt und sich zum Einschlafen tobt….

[es folgte eine Sekunde Pause]

Wissen Sie was, wollen Sie mir nicht beim einschlafen helfen?"

Das hat sie jetzt nicht wirklich gesagt, war so ziemlich mein erster Gedanke.

Der zweite: „Ey das musst du völlig falsch verstanden haben".

Nancy zuppelte sich, als sie in mein deutlich verwirrtes – vielleicht sogar leicht überfordertes - Gesicht sah am Ausschnitt herum. Es folgten die Worte:

„Ja ich meinte das genauso wie du das verstanden hast…"

Zugegeben, so etwas ist mir vorher auch noch nicht passiert. Danach auch nicht noch einmal. Und sicher gibt es viele Menschen die einen solchen Traum haben. Ich gehöre nicht dazu. Wir bekommen ja viel in Schulungen beigebracht, auch den Umgang mit schwierigen Gesprächssituationen, aber auf so etwas bereitet einen niemand vor. Da war auch mein sonst eher loses Mundwerk schlagartig außer Gefecht gesetzt.

Als ich auf das Angebot nicht einging wurde das Gespräch dann noch irgendwie zu Ende gebracht. Die Atmosphäre war nun natürlich wieder deutlich angespannter und erneut begann ich die Sekunden zu zählen bis dieses Gespräch endlich zu Ende ist.

Ein paar Tage später war Nancy noch einmal da und entschuldigte sich – auch ihr war die Situation im Nachhinein immer noch sichtlich unangenehm, aber einen Kaffee könnte man ja trotzdem mal zusammen trinken gehen.

Nein konnte man nicht.

12. Das Erbe der Maya…

Zugegeben etwas episch dieser Titel, aber der Herr aus dem folgenden Beispiel hat sich so in die Erinnerung meiner Kollegen eingebrannt, dass dieser einen solchen Titel auch verdient hat. Als ich mit den ersten Personen aus meinem Umfeld über die Ambitionen, dieses Buch schreiben zu wollen, sprach sagten einige „Die Geschichte muss rein". Es bleibt die Frage ob ich dieser gerecht werden kann. Aber versuchen wir es:

Es gab so ein paar Leute die einen doch viele Monate, bis Jahre begleiten sollten. Rüdiger war einer von diesen. Rüdiger war jemand, den man höflich als etwas verpeilt beschreiben konnte. Er war wirklich schon sehr speziell.

Was man Rüdiger jedoch positiv zugutehalten konnte: Man konnte eine Uhr nach ihm stellen. Wir befinden uns im selben Bereich wie im Fall zuvor. Rüdiger war knapp über zwanzig und sah aus als hätte er die letzten vierzig Jahre ein ziemlich hartes Leben gehabt. Wäre Rüdiger eine Wohnung so würde man diese als „verwohnt" und deutlich renovierungsbedürftig bezeichnen.

An sich war er stehts höflich und wenn man zu ihm durchdrang auch recht clever. Leider gelang das nicht immer. Nach dem Abitur veränderte sich sein

Leben stark und vom Wunsch zu studieren blieb sehr schnell nicht viel übrig.

Was Rüdiger so berechenbar machte: Er stand mindestens jeden zweiten Freitag, um circa eine Minute vor dem Schließen der Tür, wieder im Eingangsbereich des JobCenters. Er trug jedes Mal dieselben heruntergerockten Klamotten und fragte nach einem Vorschuss auf seine kommenden Leistungen.

Hier gab es ziemlich genaue Regelungen und die kannte Rüdiger irgendwann auch perfekt auswendig. War er doch in unschöner Regelmäßigkeit damit konfrontiert.

Da soll noch mal einer sagen der Mensch lerne nicht. Was Rüdiger nicht lernte war jedoch der Umstand, dass ihm durch die Vorschüsse später Leistungen fehlten und so befanden wir uns quasi im ewigen Kreislauf

Dadurch kam es dann leider auch meistens dazu, dass Rüdiger das bekam was er wollte. Bargeld. Klar das hatten wir nicht in den Schubladen, aber über unser Buchungsprogramm konnten direkt Leistungen abgezogen und auf Geldkarten geladen werden. Die passenden Automaten standen im Eingangsbereich unseres JobCenters. Heute würde das übrigens nicht mehr so funktionieren.

Die Ausreden für die chronische Klammheit von Rüdiger waren zum Teil dann doch recht abenteuerlich.

Die 180 Euro Telefonrechnung überraschte einen dabei noch am wenigsten. Wie diese zu Stande kam, dazu hatte er auch keine wirkliche Erklärung. Zugegeben: Es geht uns ja auch nichts an, aber manchmal fragt man auch nur aus Neugierde und um vielleicht jemanden noch ein paar Tipps zu geben, wie man ein paar Tage länger mit dem (damals) wenigen Geld auskommt.

Einen sonderlich teuren Kleidungsstil hatte Rüdiger, wie bereits erwähnt, auch nicht wirklich. Sah man ihn doch stehts im selben grün/braunen Pullover und derselben Jogginghose. Blau mit zwei weißen Streifen.

Auch die Schuhe hatten schon bessere Tage gesehen, immerhin wurde rechts die große Zehe ordentlich durchgelüftet. Der linke Schuh wurde von Tackernadeln zusammengehalten. Darüber hinaus machte er optisch nicht den Eindruck, als würde er viel Wert auf teure Friseurbesuche oder dergleichen legen, das Haar eher zerzaust und nicht sonderlich gepflegt. An manchen Tagen machte Rüdiger einen stark verwahrlosten Eindruck. Das war für diese Altersklasse dann doch eher ungewöhnlich.

Woran lag es also, dass unser Rüdiger ständig Nachschub an Barmitteln brauchte und damit deutlich schlechter zurechtkam als seine Altersgenossen?

An der Wohnung kann es eigentlich auch nicht liegen, so war er doch in einer komplett durch finanzierten Jugendwohnung untergebracht und eigentlich hatte er auch einen Betreuer der sich um das finanzielle kümmern sollte. Leider funktionierte das in diesem Falle nicht wirklich gut und der Betreuer war nie zu erreichen. So verlief gefühlt das halbe Jahr, man bohrte nach und bekam eine neue Geschichte zu hören.

Wie hoch der Wahrheitsgehalt war? Das weiß man nicht so recht.

Als man schon gar nicht mehr damit gerechnet hatte, präsentierte sich Rüdiger an einem weiteren Freitag ziemlich gesprächig. Hmm, einer der klaren Momente? Man wusste es nicht.

Auf erneute Nachfrage erklärt er, dass er seine Leistungen für Januar komplett mit einem Kumpel versoffen habe. Bescheuert offen aber wenigstens ehrlich.

Dann schlugen die Maya zu. Denn aus Angst vor

dem Weltuntergang, den die Maya ja immerhin für 2012 ankündigten, konnte Rüdiger den Jahreswechsel nur stark betrunken ertragen. Er vertrüge ziemlich viel, daher war das alles echt teuer und die Regelleistung würde solche Ausnahmesituationen einfach nicht auffangen. Da müsste man dringend etwas gegen tun. Ein Sonderbedarf Weltuntergang wäre doch die Lösung.

Auf die Frage ob ihm aufgefallen sei, dass der Jahreswechsel 2011 / 2012 schon einige Jahre vergangen war, hatte er keine Antwort. So merkte man ihm doch deutlich an, dass sich Rüdiger wieder in seiner eigenen – vielleicht besseren – Welt befand. Natürlich muss man für die Päckchen, die einige Menschen mit sich rumtragen, schon Verständnis aufbringen, denn Rüdiger war alles, aber mit Sicherheit nicht gesund.

Aber wenn man denkt, dass damit schon das Ende der Erklärungsfahnenstange erreicht war, liegt man ziemlich daneben.

Ein wenig Verständnis müsste ich ihm schon entgegenbringen, denn er hat aktuell keine Freundin. Dies sei für ihn schon nicht so leicht, immerhin fehlt jemand der für ihn einkaufen gehen kann und auch zum Wäschewaschen fehle ihm die Freundin. Natürlich könne er sich dadurch auch nicht auf eine mögliche Arbeit konzentrieren.

Rüdiger konnte absolut nicht verstehen, dass ich als Mann durchaus in der Lage bin eigenständig einzukaufen und Wäsche zu waschen. Was ich könne, müssen andere ja noch lange nicht hinbekommen. Er müsse dafür ständig jemanden bezahlen. Wen genau und wie er das anstelle, auf die Antworten warte ich bis heute.

Einige Menschen überraschen echt mit ihrem Horizont. Das größte Problem, dass unser Rüdiger hatte war jedoch:

„Hier ist das Gras einfach viel zu teuer."

Ich wünsche mir wirklich, dass ich mir das ausgedacht hätte. Nun weiß man, Rüdiger hatte ein echtes Problem. Und Kiffen ist wahrlich nicht gesund. Also lasst die Finger vom Gras, sonst holen euch die Maya.

Als sich herausstellte, dass unser Rüdiger uns monatelang noch verschwiegen hat, dass er eine Ausbildung absolvierte. Wie er das hinbekam ist mir nach wie vor ein Rätsel. Das Problem war nun, dass ihm eigentlich über Monate zu hohe Leistungen gezahlt wurden und daher keine weiteren Vorschüsse möglich waren, war es vorbei mit nett und freundlich.

Am Ende half nur noch die Polizei… und vermutlich ein Entzug.

13. Fanpost II

Arbeitgeber an Agentur für Arbeit…

„Sehr geehrte Damen und Herren,

leider bin ich erst heute dazu gekommen Ihnen zu antworten. Das was sie von mir anfordern ist eine Arbeitsbescheinigung. Und genau darum geht es. Ich kann Sie Ihnen leider nicht ausstellen, bzw. ich weigere mich. Ich kann Ihnen lediglich bescheinigen, dass XXXX sehr gut mit einem Handy umgehen kann. SMS, schreiben, telefonieren und spielen. Nach der Elternzeit kam XXXX wieder, hat kaum gearbeitet und uns mit Krankschreibungen bombardiert. Dadurch wurde ein wertvoller Ausbildungsplatz für vier Wochen blockiert und anderen Interessenten die Möglichkeit genommen einen gut bezahlten Beruf zu erlernen. Traurig finde ich es persönlich, dass solche Jugendlichen noch vom Amt unterstützt werden. Monatelang Krankschreibungen einreichen und anschließend für Nichtstun Geld bekommen. Ich habe keine Zeit so einen Schwachsinn zu unterstützen, indem ich eine entsprechende Bescheinigung ausstelle. Nehmen Sie es nicht persönlich, Sie wissen das es die Wahrheit ist. […]"

14. Dankbarkeit

Zugegeben, bisher waren es wenig Beispiele an denen ich belegen könnte warum ich diesen Job eigentlich so gerne mache und warum ich echt dankbar dafür bin diese Chance erhalten zu haben. Auch könnte glatt der Eindruck entstehen, alle vom JobCenter oder Agentur für Arbeit betreuten Menschen sind so wie zuvor beschrieben. Dem ist selbstverständlich nicht so. Die Tatsache, dass dieses Buch keine vierzig Bände mit tausenden Seiten umfasst sollte dies hinreichend belegen.

Man erlebt sehr häufig konstruktive Zusammenarbeit und in dieser geht man auf, an dieser hält man sich fest und an das gemeinsam erreichte denkt man gerne zurück.

Hamburg ist ein ziemlich besonderes Pflaster aus Arbeitsvermittlersicht. Zum einen gibt es hier aktuell genug Arbeitsplätze in allen möglichen Branchen. Man muss sogar zugeben es fehlt eigentlich an der Masse der qualifizierten Bewerber. Aber selbst, wenn man sich im Arbeitsmarkt für geringqualifizierte umsieht findet man genügend Arbeitsplätze, die meistens auch sehr anständig bezahlt werden…

So trug unter anderem ein großer Internetversand zu dieser Lage bei indem er in einem Vorort, oder sagen wir mal benachbarten Ort, ein neues Versandlager eröffnete.

Es wurden hunderte, wenn nicht tausende, Menschen mit Arbeitsplätzen versorgt.

Das Einstellungsverfahren war denkbar unkompliziert, online Formular ausfüllen, Termin wahrnehmen, Arbeitsvertrag unterzeichnen, zur Arbeit erscheinen.

Herrlich einfach, zumindest für Menschen die mit Computern aufgewachsen sind.

Nun hat aber nicht jeder das Glück, oder Pech – je nach Sichtweise – technisch begabt zu sein und es mag sogar Personen geben die eine Mikrowelle vor hohe Hürden stellt.

Wie also mit solchen Menschen verfahren? Mittlerweile gibt es in Hamburg mehrere Einrichtungen, die den JobCentern angegliedert sind, wo Menschen die Hilfe benötigen an kostenlosen Computern Bewerbungen schreiben können und Stellen suchen können. Dabei erhalten diese professionelle Hilfe durch anwesende Kollegen, wenn es sein muss sogar mit Grundeinweisung in die mysteriösen Welten der PCs.

So kam es, dass Jürgen dringend Unterstützung benötigte. Jürgen war ein Typ, den man optisch in die Kategorie Hafenschläger einsortieren würde. Ein Kühlschrank wird mit der linken gehoben und rechts eine Dose Holsten. Ein Kerl, dessen Anblick einige dazu verleiten würde die Straßenseite zu wechseln, obwohl es ein herzensguter Mensch ist. Sprich, 'nen Typ wie ein Bär mit einem Hauch Seemann. Jürgen hat tatsächlich eine Zeitlang im Hafen geschuftet und interessierte sich nie sonderlich für technische Dinge, aber anpacken konnte er und wollte er.

Der Lohn im benachbarten Winsen an der Luhe war gut und die Arbeit entsprach dem was sich Jürgen für die restliche Zeit bis zur Rente noch so vorstellen konnte.

Beim zu Hause rumsitzen würde er bescheuert werden und seine „Alte" ging ihm beim 24 Stunden aufeinander hocken auch gehörig auf die Nerven. Nur für „acht fuffzich" irgendwo Kisten schleppen darauf hatte er absolut keine Lust. 11,37 Euro pro Stunde plus Zulagen klangen da schon besser (damals war das noch ein recht anständiger Lohn, in dieser Branche). Der Weg zur Arbeit war auch ok, wurde man doch an einem Hamburger Bahnhof eingesammelt und nach der Arbeit wieder zurückgebracht.

Sicher kein Lohn eines Raketenwissenschaftlers, aber für einfache Lagertätigkeiten als Einstiegsgehalt voll in Ordnung und irgendwie rechnete Jürgen sowieso nicht mehr damit noch einen guten Job zu finden.

Etwa eine halbe Stunde verbrachte ich damit, Jürgen davon zu überzeugen sich an diesen geheimnisvollen Kasten namens PC zu setzen.

Die Software auf diesen war bewusst einfach gehalten, dennoch war klar: Jürgen braucht dringend Hilfe.

Die Zeit dafür wurde von uns großzügig eingeräumt und so begann meine unscheinbare Missionierung in Richtung Technik.

Es begann mit einfachen Dingen „Das Ding hier ist 'ne Maus, bewegen Sie die, bewegt sich der Pfeil auf dem Monitor". Jeder fängt mal klein an. Mit den beiden Tasten, insbesondere Doppelklicks, tat sich Jürgen am Anfang noch etwas schwer und so wuchs zunächst erst einmal der Frust.

Eine weitere halbe Stunde später hatte Jürgen das Prinzip Computer verstanden. Man konnte beobachten wie sich eine Blockade löste, nachdem er gesehen hat, dass diese Dinger gar kein Teufelswerk sind.

Das Bewerbungsportal war schnell aufgerufen und Jürgen zum ersten Mal in seinem Leben auf einer Internetseite registriert. In den letzten Wochen haben meine Kollegen und ich diesen Vorgang bestimmt schon 50 mal durchgeführt, daher ging dass alles relativ schnell und mit einer gewissen Routine.

Ein paar einfache Fragen zum Lebenslauf, mögliche Arbeitszeiten beantwortet und schon war Jürgen fertig mit seiner Bewerbung. „*Watt? Datt war's schon?*"

Ja, Jürgen, ganz einfach.

Ein wenig Erklärungsbedarf war noch nötig, denn die Antwort unseres Versandriesen kam per E-Mail. Also musste man Jürgen, der weder über Smartphone noch einen Computer und erst recht nicht über einen Internetanschluss zu Hause verfügte, noch davon überzeugen, sich alle paar Tage mal kurz bei uns blicken zu lassen um seine E-Mails zu checken.

Zu unserer aller Überraschung war Jürgen direkt an den folgenden Tagen wieder da und versuchte sich weiter ins Bewerbungsschreiben und das Internet einzuarbeiten. Ging ja auch irgendwie deutlich bequemer als sich auf dem Weg zu diversen Arbeitgebern die Sohlen von den Schuhen zu laufen. Mal mit großen, mal mit weniger großen Fortschritten, aber konsequent und motiviert erschien er immer wieder.

„Weisse sowas brauchte ich ja früher nie. Biste zum Chef gerannt, hasse gesacht hier bin ich und has' malocht."

Müde das zu erzählen wurde er nie und ganz Unrecht hatte er auch nicht. Funktioniert nur leider nur noch in sehr seltenen Fällen.

Nach einer Woche tägliches Arbeiten mit Jürgen, winkte dieser aufgeregt von seinem PC Arbeitsplatz.

Das Einloggen in sein E-Mailfach funktionierte mittlerweile wie von selbst und etwa eine Minute nach dem Anmelden am PC rief er aufgeregt:

„Ey, hier steht watt von meiner Bewerbung, watt wollen die?"

durch den ganzen Raum.

E-Mail geöffnet und ein paar Minuten später befand Jürgen sich auf dem Weg in ein Hamburger Hotel, dieses hatte der Versandriese angemietet um dort seine Personalrekrutierung durchzuführen. Arbeitsvertrag unterschreiben hieß es.

Etwa zwei Monate später war Jürgen wieder da. Scheiße, Job verloren? War so ziemlich der erste Gedanke.

Mit einem breiten Grinsen drückte er uns ein großes Paket Pralinen in die Hand.

*„Danke! Ohne euch hätte ich das nicht geschafft. Hab 'nen
Unbefristeten bekommen, die sind zufrieden mit meinen
alten Knochen."*
Die Pralinen wurden im Team geteilt, Jürgen hat
mittlerweile ein Smartphone.
Und wenn man mich fragt, warum ich diesen Job
so gerne mache, so ist diese Geschichte eine meiner
Antworten.

15. Fanpost III

„ich widerspreche entschieden gegen den Bescheid und die damit unrechtmäßige Forderung.

Ich bin nicht bereit für die Willkür irgendeiner dahergelaufenen ARGE*tante zu arbeiten.

Es ist schon schlimm genug als Arbeitsloser ständig von Dreck wie euch belästigt zu werden, aber wenn ich in einem Arbeitsverhältnis stehe will ich gefälligst nicht mehr von euch unnützem Dreck belästigt werden, wie es diese geistig unterbelichtete (…) getan hat.

Was bildet sich dieser Dreck ein, nur weil ich mich nicht melde bei mir willkürlich eine Forderung aufzustellen. Der hat man wohl ins Gehirn geschissen.

Also solange diese willkürliche Zahlungsaufforderung nicht vom Tisch ist werde ich mich nicht um Arbeit bemühen und nicht mehr zu Arbeit gehen.

Mit unfreundlichen Grüßen..“

* Das JobCenter wird oft als ARGE bezeichnet, da es eine Arbeitsgemeinschaft aus kommunalem Träger (Landkreis oder Stadt) und der Agentur für Arbeit ist.

16. Der Lokführer

Erneut befinden wir uns in der Arbeitsvermittlung. Der Bereich in dem man wahrscheinlich am meisten Details aus dem Privatleben seiner Mitmenschen erfährt. Ob man will oder nicht. Man war für einige Menschen ein seltener sozialer Kontakt. So waren doch ein paar Personen oft sehr froh, wenn sie jemandem das Herz ausschütten konnten. Einfach jemanden zum Reden hatten.

Diesmal geht es aber um Kalle. Kalle ist gelernter Metzger. Irgendwann Ende der achtziger Jahre hat er eine Lehre abgeschlossen und seitdem wies sein Leben eher Zickzacklinien als den oft zitierten roten Faden auf. Kalle hieß eigentlich anders, aber der Name passt, wie der oft zitierte, Arsch auf den Eimer.

Mit kleinen Betrügereien und Gaunereien hielt sich Kalle über Wasser, heuerte mal im Lager an, mal als Umzugshelfer. Zumindest dann, wenn es mal etwas ehrlicher zugehen musste. Im Allgemeinen konnte man aber sagen, dass die ersten zwanzig Jahre seines Berufslebens nicht unbedingt durch ehrliche Arbeit geprägt waren. Darüber hinaus hatte Kalle wie er selbst sagte ein erhebliches Problem mit

Schlipsträgern, vor allem dann, wenn ihm ein „Sesselpfurzer" sagen wollte was er zu tun habe. Autoritäten? Das war nicht so sein Ding.

Aber irgendwie hatte er Charakter und das schätze ich sehr an Menschen. Kein aalglatter Typ der sich im Büro gut machen würde. Auch niemand der irgendwem Handyverträge oder Versicherungen aufschwatzt, die man nicht brauchte. Jemand der einem ins Gesicht sagte was er dachte und dabei keine Rücksicht auf Verluste nahm. Ehrlich, direkt, geradeaus. Man wusste immer wo man bei Kalle stand und vor allem wusste man auch immer was er von den Ideen hielt die man ihm unterbreitete. Er war aber auch jemand, der zunächst eine gewisse Vertrauensbasis benötigt bevor er losplauderte.

Was bei Nordlichtern nicht wirklich ungewöhnlich war. Diese Basis war jedoch nach ein paar kürzeren Gesprächen erreicht. Kalle war groß, relativ kräftig, der imposante Bauch wäre wahrscheinlich durch einen gewissen Bierkonsum zu erklären.

Und weil Kalle eben Kalle war, kam er jedes Mal mit Lederweste, einem Totenkopf T-Shirt (die Art der Schädel variierte stark – es war also nicht jedes Mal dasselbe T-Shirt) und einem schwarzen Zylinder. Der Zylinder blieb auch im Gespräch auf dem Kopf. Im Gesicht prangte ein gepflegter Schnäuzer. Er war halt irgendwie auch jemand der nicht ganz in unsere Welt passte.

Das warum, kann ich an der Stelle nicht erklären, aber allein mit dem Auftreten hat er schon bei mir gepunktet.

Seine Art der Geldbeschaffung hatte Kalle jedoch hin und wieder vor Probleme gestellt und so kam es, dass er mittlerweile eine beachtliche Anzahl von Haftzeiten angesammelt hat.

„Irgendwann hängste da drin und du siehst das geht erstmal gut, dann hörste natürlich auch nicht auf. Irgendwann packen se dich halt. Naja… dann biste halt am Arsch."
Immerhin war ihm bewusst, dass er selbst für seine Haftzeiten verantwortlich war.

Seine Frau, frei nach Bonny und Clyde, fand diesen Lebensstil wohl offensichtlich auch ganz vernünftig. Vielleicht lernten sie sich auch bei der „Arbeit" kennen. Sie verbrachte zum Zeitpunkt dieses Kapitels noch Zeit im betreuten Wohnen auf Staatskosten. Sprich: Sie befindet sich wegen mehrerer Betrugsdelikte in Haft.

Warum dies wichtig ist?

Bei Kalle hatte seit dem letzten Haftaufenthalt ein Umdenken stattgefunden, irgendwie kann er sich so ein Leben für die Zukunft nicht mehr vorstellen.

Auch würde er es genießen ab und zu noch seine Mutter sehen zu können und das Risiko ständig erwischt werden zu können ist auch nichts für seine alte Pumpe. Er würde es sich niemals verzeihen, wenn seine Mutter das zeitliche Segnen würde und er in Haft wäre.

Die Wohnungssuche seit dem letzten Haftaufenthalt gestaltet sich auf Grund diverser negativer Schufaeinträge schwierig. Darüber hinaus schreien die wenigsten Vermieter „Hurra" wenn sie hörten, dass jemand zuvor wegen Betrug und anderer Delikte mehrmals im Knast war.

Er wohnte in einer Schrebergartenanlage.

Die halbstädtische Wohnungsgenossenschaft hatte ihm eine Wohnung in Aussicht gestellt, berichtete er mir einst Stolz – jedoch schob er direkt hinterher:

„Aber den Scheiß krieg ich nur, wenn ich meine Kohle innen Griff bekomme. Die woll'n Arbeitsvertrag oder sonen Kram."

Das war für Kalle schwierig, denn er zog wohl einen ziemlichen Haufen an Pfändungen mit sich durch die Gegend und so etwas sah kein Arbeitgeber gerne. Darüber hinaus vermisst er seine Frau nicht unerheblich und tut alles damit sie auf Bewährung raus darf.

Jedoch ist diese wohl an die Auflage geknüpft, dass Kalle einen festen Wohnsitz und ein Arbeitsverhältnis nachweisen kann.

So drehte man sich doch monatelang im Kreis, irgendwie war doch alles ausgebreitet um die passende Motivation zu schaffen, nur vor lauter Lösungsansätzen konnte Kalle die Lösung nicht mehr sehen.

Vielleicht stand er sich mit seiner, manchmal dann doch etwas sturen Art, auch selbst im Wege.

Bock auf Zeitarbeit hätte er nicht, den Rücken weiter kaputt machen ginge auch nicht mehr. Er war ja keine zwanzig mehr. Klar soweit auch verständlich. Eine Lösung musste her. Als Fahrer würde er dann doch gerne ran, aber das ging nicht, die Vorstrafen waren da doch etwas schädlich.

Ein Eisenbahnunternehmen interessierte die Vorstrafen und auch die Pfändungen herzlich wenig und so wurde Kontakt aufgenommen.

Freudestrahlend stand Kalle auf einmal wieder bei mir im Büro. Die Eisenbahner würden ihn ausbilden wollen als Rangierfahrer und danach gibt es festen Lohn, einen fairen unbefristeten Arbeitsvertrag und eine Lösung für seine Pfändungsproblematik hätte das Unternehmen auch...

Die Arbeitszeiten seien schwer in Ordnung und er könnte da in Ruhe arbeiten.

Die benötigten Unterlagen für die Qualifikation waren schnell beisammen und von fehlender Motivation konnte auch keine Rede sein. Kalle hatte wirklich Bock darauf sein Leben wieder in den Griff zu bekommen.

Wahrscheinlich hätte vorher niemand damit gerechnet, dass Kalle die Wende noch einmal schafft. Gerade am Anfang habe ich am wenigsten daran geglaubt, dass man Kalle noch mal so nah an den Arbeitsmarkt bekommt. Der war dorthin war allerdings lang. Und das ist eben auch elementarer Bestandteil unserer Arbeit. Es waren am Ende dann aber doch fast wöchentliche Gespräche über mehrere Monate notwendig.

Manchmal sind es dann doch die kleinen Dinge, wie die Aussicht auf das Wiedersehen mit der Ehefrau ohne einen Wärter der einen kritisch beäugt, die am Ende den entscheidenden Motivationsschub gegeben haben.

Vielleicht aber auch nur das „dran bleiben" und zeigen das man auch Kerle wie Kalle nicht aufgeben darf.

Und so wurde aus Kalle dem Metzger, Kalle der Häftling und am Ende Kalle der Lokführer.

17. John und Eve

Wer mit vielen Menschen zu tun hat, hat auch zwangsläufig mit verschiedenen Religionen zu tun und dadurch auch mit Menschen, die sich dazu entschließen ihre Religion mehr oder weniger offen auszuleben.

John wuchs an der Mosel auf und verzog dann in die Stadt, in der sich dieses Kapitel zugetragen hat. John hatte eigentlich einen deutschen Namen, da ich jedoch keine Ahnung mehr habe, wie dieser lautete und ich nicht aus Versehen den echten Namen verwenden möchte heißt John jetzt eben John. Knapp über zwanzig und verheiratet. Seine Frau, nennen wir sie Eve (so haben wir auch einen englischen Namen), lebte ebenfalls nach denselben Glaubensgrundsätzen wie ihr Ehemann. Wer damit angefangen hat oder ob sie sich durch ihren Glauben kennengelernt haben ist unerheblich und komplett unbekannt.

Beide entschieden sich im Laufe des Lebens den islamischen Glauben zu leben.

Das junge Ehepaar war am Anfang relativ oft bei uns um unterschiedlichste Anliegen zu klären. Grundsätzlich waren beide sehr umgänglich und

ich habe gerne mit ihnen zusammengearbeitet.
Leider war das bloße identifizieren von Eve in der
Regel sehr schwierig.

Musste Eve doch regelmäßig mit einer Kollegin in
einen anderen Raum gehen um zu sehen ob unter
der Nikab auch tatsächlich unsere Eve steckte.

*Nikab entspricht dem, was in Deutschland oft als Burka
bezeichnet wird, ein Gewand bei dem nur die Augen der
Trägerin noch zu sehen sind. Bei der Burka sind auch diese
bedeckt.*

So etwas musste sein, müssen wir doch sicherstellen, dass vertrauliche Informationen nur an die
Ohren gelangen für die diese auch bestimmt waren.
Sozialdatenschutz hat allerhöchste Priorität. Selbstredend, dass ich als Mann diese Kontrolle nicht
selbst vornehme. Ich muss den Glauben nicht
nachvollziehen können, aber respektieren kann und
muss ich diesen Lebensweg.
Die Art und Weise wie unser Paar den Glauben
auslebte führte jedoch zu merkwürdigen Situationen. Meist ging es um die junge Frau, sodass ich
selbstverständlich mein Wort auch an diese Dame
richtete. Vor allem da ich nie gebeten wurde dies zu
unterlassen.

Auf jede Frage die man Eve stellte antwortete unser John und so lief das über viele Gespräche. Man muss zugeben, dass gerade in den ersten Gesprächen John wenig begeistert davon war, dass man doch unverschämter Weise das Wort direkt an seine Frau gerichtet hatte. Er sagte nichts, aber man sah es ihm deutlich an. Für mich bedeutet respektvoller Umgang jedoch primär, dass ich mit Menschen rede und nicht über Menschen. Am Anfang war das noch etwas verwirrend, irgendwann hatte man sich daran gewöhnt.

Wenn ich beim Schreiben so zurückdenke muss ich zugeben, dass ich bis heute ihre Stimme nicht einmal gehört habe.

Da eine gewisse Vertrauensbasis vorhanden war und ich mit den beiden sehr gut auskam, führte es meistens dazu, dass sie explizit nach mir als Gesprächspartner fragten und so sollten die beiden mich doch einige Monate lang beschäftigen.

John war an sich ein cooler Typ, optisch fiel er kaum auf. Gepflegter Bart, unauffällige Frisur und aktuelle Kleidung.

Von seiner Art jemand, von dem man grundsätzlich sagen würde: „Joa, kann man mal 'nen Bierchen mit trinken gehen".

Im Laufe der Zeit stellte sich heraus, dass John es für nicht sonderlich wichtig erachtete, dass JobCenter über Veränderungen aufzuklären.

Sein Arbeitgeber wohl auch nicht. So wurde John bei einer Zollkontrolle erwischt. Schwarzarbeit, es war wohl keiner der Mitarbeiter irgendwo angemeldet. Die Tätigkeit übte er auch schon einige Monate aus.

Am Ende führte dies dazu, dass er doch einiges an Geld zurückzahlen sollte.

Als Antwort auf die entsprechende Anhörung* bekamen wir nur ein Schreiben in dem, wirklich sehr, detailliert beschrieben wurde wie er gedachte seinen Sachbearbeiter fachgerecht zu zerlegen und zwar so, dass dieser noch möglichst viel davon miterlebte.

*Der reguläre Ablauf sobald sich eine Überzahlung ergibt sieht wie folgt aus:

Das Jobcenter verschickt eine Anhörung, in dieser wird der Sachverhalt erläutert und die entsprechenden Summe aufgelistet.

Nun hat man als betroffene Person die Möglichkeit sich dazu zu äußern. Auch zu erklären, dass wir einen Fehler gemacht haben. Oder aber direkt mitzuteilen, dass man die

Summe (in welcher Form auch immer) zurück zahlt.
Im Anschluss erhält man einen entsprechenden Aufhebungs-
bescheid, in dem alles weitere erläutert wird.

Ich weise vorsorglich darauf hin, dass für mich
kein Zusammenhang zwischen dem Glauben
und den Drohungen steckt.
Um ein Gesamtbild der Zusammenarbeit zu
zeigen und auch alltägliche Besonderheiten
einzubinden, die sich in wenigen Fällen ergeben, finden die Situation die sich aus den
Glaubensvorstellungen von Eve und John er-
gebenden Besonderheiten hier Erwähnung!

18. Nachbarn

Relativ schnell musste ich lernen, dass es leider nicht immer Vorteile hat, wenn man einen kurzen Weg zur Arbeit hat. So wohnte ich eine Zeitlang dann doch im selben Stadtteil in dem ich auch arbeiten durfte.

Klar fünfzehn Minuten Fußweg, bei schlechtem Wetter fünf mit dem Auto, zur Arbeit sind schon eine feine Sache, aber ein paar Nachteile durfte ich dann doch erleben. Vielleicht nutzen ja ein paar zukünftige Mitarbeitende diese Beispiele für eine kleine Überlegung, ob ein längerer Anreiseweg nicht doch besser wäre.

Zwei Beispiele für Dinge, die nicht so schön waren.

I. Einkaufen...

Jeder von uns muss regelmäßig seinen heimischen Kühlschrank auffüllen und sofern er nicht Personal dafür hat (vgl. XII) muss man das halt irgendwie auch selbst tun. Gerade da ich eine Zeitlang alleine lebte lag es am Ende dann doch ausnahmslos an einem selbst.

So stand man mit vollgepacktem Einkaufswagen an

der Kasse eines X-beliebigen Discounters in Wohnortnähe und dachte eigentlich nur noch an das am folgenden Samstag stattfindende Heimspiel seiner (damals noch; und heute wieder) Bundesligamannschaft, die sogar schon von Hebert Grönemeyer besungen und gesponsort wurde, als einem jemand auf die Schulter klopfte.

Gut kommt öfter vor, dass man jemanden trifft den man kennt, also wurde sich umgedreht und geschaut wer einen da erkannt hat.

„Ey! Hassu gesagt Geld heute auf Konto. Nix auf Konto!"

Ähm ja… Eigentlich hat man Feierabend. Ich erinnerte mich an den Herrn relativ schnell.

Ja, er war wirklich ein paar Tage zuvor in meinem Büro und reichte fehlende Unterlagen nach.

Die Zahlungen wurden auch angewiesen, also sein Problem war für mich nicht nachvollziehbar. Vielleicht hat seine Bank für die Überweisung einfach ein wenig länger gebraucht. Das kam zu der Zeit regelmäßig vor, dass einige Banken noch mit den Geldern „spielten".

Höflich wurde darauf hingewiesen, dass ich Feierabend habe, das Geld überwiesen wurde und ich mir jetzt persönlich bessere Dinge vorstellen kann, als das bei (…) an der Kasse zu klären. Meine Geduld war sowieso schon stark strapaziert, hatte mir doch jemand direkt nach dem ich eingeparkt habe seine Tür ins Auto geknallt.

„Ey JobCenter! Wo is' mein Geld????"

Die Situation wurde zunehmend unangenehmer und der Herr wurde auch zunehmend aggressiver. Sein voller Einkaufswagen deutete tendenziell eher darauf hin, dass sich der Herr nicht in allzu großen finanziellen Problemen befinden dürfte, dennoch weiß man ja nie.

Vor allem kann man den Menschen nur vor und nicht in den Kopf schauen.

Letztendlich beruhigte sich die Lage dann doch überraschend schnell. Ein erneuter Hinweis mit etwas mehr Nachdruck in der Stimme – und dem Hinweis, dass ich nicht das JobCenter bin - in der Stimme sorgte dann für Ruhe. Aber angenehm war das nicht.

Obwohl man zum versöhnlichen Abschluss noch die Handynummer der Kassiererin zugesteckt bekam…

II. Direkte Nachbarn

Es soll bekanntlich Menschen geben, die wohnen nicht in einem Einfamilienhaus. Auch ich zähle dazu, eine gemütliche Wohnung in einem Haus mit acht Mietparteien. Es war nicht megaschön, aber es war unser aller zu Hause. Links in der ersten Etage erstreckten sich die eigenen vier Wände, das Heim von mir und meinen beiden Katzen. Zwei Zimmer, eine große Küche, Balkon mit Blick auf den begrünten Innenhof. Ruhrpottherz was willst du mehr? Unter mir wohnte eine Frau mittleren Alters, ebenfalls mit Katze.

Zu Beginn fiel mir diese eher durch einen lauten Fernseher, zu völlig unmöglichen Zeiten, auf. War doch ihr Wohnzimmer dummerweise genau unter meinem Schlafzimmer. Unnötig zu erwähnen, dass ausgerechnet mitten in der Nacht epische Schlachten auf dem Bildschirm der Nachbarin tobten und sie damit die ganze Straße beschallte. Die Polizei rief keiner mehr, zu normal wurde die Situation.

Ein paar Monate nach meinem Einzug war es dann soweit, dass sie einen Termin im Nachbarbüro wahrnehmen musste und sie mich auf dem Gang erkannt hat.

Grundsätzlich auch nichts Schlimmes, man kam trotz ihrer Fernsehvorlieben miteinander aus.

Wenn sie nicht da war nahm ich ihre Pakete entgegen und anders herum genauso.

Selbstverständlich ergaben sich im Anschluss Situationen in denen sie nach Hilfe bei Formularen fragte.

Grundsätzlich eine Sache die mich vor nicht allzu große Probleme stellte. Man hilft seinen Nachbarn wo man kann, auch wenn Feierabend ist.

Dies nahm leider mit der Zeit überhand, vor allem ab dem Moment als die Nachbarin nicht mehr ihre Termine wahrnahm und absolut nicht nachvollziehen konnte wieso Sanktionsanhörungen in ihrem Briefkasten landeten.

Einsicht, dass sie dafür eventuell selbst verantwortlich war? Nicht vorhanden.

Leider änderte auch ein Hinweis, dass ich ja grundsätzlich Feierabend habe, nichts daran, dass die Dame, oft zu unmöglichen Zeiten vor der Tür stand und wieder irgendein Anliegen hatte.

Am Ende bekam ich bei meinem Problem unerwartete Hilfe. Es klopfte wieder an der Tür, wohlwissend wer da vor der Tür stand öffnete ich die Tür. Die Tatsache, dass sie immer wusste wer wann das Haus betrat und verließ, hätte das Vortäuschen der eigenen Abwesenheit auch nicht erfolgreich gemacht.

Diesmal ging es um eine Rückforderung. Während des Gespräches flitzte ein kleiner roter Pelzball an unseren Beinen vorbei, durch die offene Wohnungstür, in meine Wohnung und setzte sich an den Futternapf meiner Katzen, welcher sich im Flur befand.

Der Eindringling blieb nicht unbemerkt, sodass aus meinem Wohnzimmer zwei genervte schwarze Katzen angerannt kamen. Nach kurzer verbaler Vorwarnung wurde das orange Kätzchen unter vollem Körpereinsatz von meinen beiden Hobbyfriseuren neu frisiert und aus der Wohnung gejagt… Danach stand das Frauchen nie wieder vor meiner Tür.

Ihr Kätzchen auch nicht.

19. Alternative Formen der Geldbeschaffung

Nein jetzt geht es nicht um schwerstkriminelle Dinge, sondern um Menschen die – aus welchen Gründen auch immer – mit einem Lebensmittelgutschein ausgestattet wurden.

Was ist ein solcher Lebensmittelgutschein?

Ein Lebensmittelgutschein ist stark vereinfacht ausgedrückt ein Stück Papier mit dem man bei nahezu allen großen Lebensmittelläden in Deutschland einkaufen kann*. Für den abgedruckten Betrag erhält man Lebensmittel und Hygieneprodukte. Die Abrechnung erfolgt im Nachgang zwischen Job-Center und dem entsprechenden Geschäft.
Einen solchen Lebensmittelgutschein erhält man, wenn man sich höhere Sanktionen „erarbeitet" hat. Sprich ab einem Sanktionsumfang von 40% aufwärts. Auch wenn die vollen Leistungen sanktioniert wurden, muss in diesem Lande niemand verhungern oder sein tägliches Brot ergaunern gehen.

seit einigen Jahren gibt es diese Form nicht mehr und es gibt einen QR Code mit dem man an der Kasse zahlen oder sich ggf. sogar Bargeld auszahlen lassen kann.

Alternativ werden häufig Lebensmittelgutscheine angeboten, wenn das Konto, auf Grund einer Ausnahmesituation, leergefegt ist und man dringend Unterstützung benötigt.

Hier stellt sich oft heraus, dass das bloße Anbieten dieses Gutscheines die Situation so entspannt, dass man auch so noch über die Runden kommt.

Wirklich beliebt sind diese Gutscheine nicht. Zum einen ist es vermutlich sehr unangenehm damit an der Kasse zu stehen, so sieht doch der Kassierer / die Kassiererin sofort, dass man Leistungen vom JobCenter erhält. Zum anderen können damit Dinge wie Zigaretten und Alkohol nicht erworben werden.

So viel zur Theorie.

Mittlerweile hat man dann doch schon einige Zeit im JobCenter abgerissen, böse Zungen behaupten abgesessen, und ehrlich gesagt auch schon diverse Gutscheine ausgegeben und später abgerechnet. Gerade in Städten in denen es keinen Zugriff auf Bargeld in den JobCentern gibt, war das meist die einzige Möglichkeit zu helfen.

I. Den „**Klassiker**" durfte ich auch in meiner Anfangszeit kennenlernen. Noch als Azubi ging ich mit dem gesamten Team zu einem nahegelegenen Discounter. Etwa zehn Minuten zuvor war ein Herr – Mitte vierzig - im Hause um sich einen Lebensmittelgutschein abzuholen. Im Lebenslauf dieses Herren befand sich nur eine abgebrochene Lehre zum Schlosser und seitdem keine weitere Beschäftigung.

Er machte keinen Hehl daraus, dass er nicht viel davon hielt sich zu bewerben oder sonst in irgendeiner Form mitzuarbeiten und sammelte so in einer bemerkenswerten Regelmäßigkeit Sanktionen.

Diese führten, wie wir gerade gelernt haben, dazu, dass sich unser Herr jeden Monat seine Lebensmittelgutscheine abholte. Diese werden in der Regel aufgeteilt, damit man bei mehreren Geschäften einkaufen kann und man besser über den Monat kommt. Denn: Wechselgeld gibt es nicht zurück. Anfang des Monats für vier Wochen einkaufen gestaltet sich dann auch meistens etwas schwierig. Vor allem bei verderblichen und frischen Produkten.

Im Ausgabegespräch erzählte er mir dann offenherzig, dass er es nicht mit sich vereinbaren könne, dass jemand durch seine Arbeit reich werden würde, während er für ein paar Mark sich am Fließband die Knochen schinden würde. Die Umstellung auf Euro war offensichtlich komplett an ihm vorbei gegangen oder er war ein sehr traditionsbewusster Mensch.

Um etwas Neues zu lernen sei er zu alt und eigentlich liebte er sein Leben. Eine kleine schöne Wohnung hätte er, das Fernsehprogramm nachmittags sei unerträglich, da würde er sich mit seinen Freunden auf ein paar Bier treffen.

„Weisse watt Freiheit is'? Mit deinen Kumpels auf nen Pilsken und über die Weiber und son Kram reden und nich' hier im Büro für Andere schuften, datt is doch kacke."
Abends würde er dann gerne mit seinem Wellensittig auf der Couch sitzen und wer wird Millionär sehen. So bekam er mal wieder seinen Lebensmittelgutschein und wir wussten, wir würden uns bald wiedersehen. Denn den ewigen Kreislauf aus Verweigerung und folgenden Sanktionen sah ich bei ihm nicht aufbrechen.

So gingen wir im Kollegenkreis nach dem Termin durch den vernieselten Herbst, ein Kollege, den wir liebevoll „Beschwerdestelle" (übernahm er doch alle Beschwerdetermine) nannten, rutschte zwischenzeitlich auf nassem Laub aus und machte ein ziemlich dummes Gesicht dabei.

So hatten wir jemanden gefunden, den wir ganz kollegial aufziehen konnten und mit entsprechend guter Laune ging es über den Parkplatz zu besagtem Discounter. Der Regen nahm zwischenzeitlich noch etwas zu, so wirklich gemütlich war unser Mittagsspaziergang dann trotz herbstlich buntem Laub doch nicht.

Bereits aus der Ferne erkannten wir unseren Termin von vormittags wieder.

Zu auffällig war einfach sein Kleidungsstil. Neongelbe Hose, Armeejacke und knallrote Mütze. Damit fällt man auf. Sogar im Ruhrpott. Dass wir ihn so schnell wiedersehen, haben wir dann doch nicht erwartet.

Er stand am Gully mit einem Einkaufswagen voller Wasserflaschen. Diese entleerte er in eben besagtem Gully und grinste uns an. Als wenn er sagen würde „Seht her, ich habe das System ausgetrickst." Die Beschwerdestelle sagte mir dann noch, dass man ihn hier regelmäßig sehen würde.

Als wir mit unseren Einkäufen zur Kasse kamen, stand der Herr direkt hinter uns in der Schlange. Völlig überrascht stellten wir fest: Heute gabs kein

Pils.

Mit zwei Flaschen Wein und einem Päckchen Tabak wartete er. Man muss halt Prioritäten setzen, Brot und Wasser zählten heute offensichtlich nicht dazu.

II. Die zweite Variante, ich nenne Sie mal den „**Pizzabäcker**", lernte ich in einem anderen Standort kennen. Locke war jemand, der auf Grund eines ziemlich unsoliden Finanzmanagements regelmäßig nach Vorschüssen fragte. Für uns ziemlich schwer nachzuvollziehen, wurde er doch nie sanktioniert und einen Nebenjob hatte er auch noch. Dank der Freibeträge hatte er monatlich 160 Euro mehr zur Verfügung, als jemand der keiner Arbeit nachging und sich im Leistungsbezug befand. Und dennoch reichte bei Locke das Geld nie bis zum Ende des Monats.

So ergab es sich, dass Locke an einem Montagmorgen in meinem Büro stand und erneut nach Geld fragte. Sein Arbeitgeber bescheinigte ihm, dass er nicht bereit war einen Vorschuss auf das Gehalt auszuzahlen. Die Kontoauszüge von Locke besagten, da war nichts mehr zu holen. Es war Mitte des Monats, irgendwie musste man helfen.
Besagter Herr war mittlerweile Mitte fünfzig und war mit sehr überschaubarem Haarwuchs gesegnet. Locke deswegen, da eigentlich nur noch eine etwas längere Haarsträhne auf seinem Kopf lag. Er sah schon ziemlich merkwürdig aus, aber er fühlte sich offensichtlich so wohl und das war die Hauptsache.

Sein letztes Geld habe er beim Friseur gelassen.
Mein Gesichtsausdruck muss wohl leichte Zweifel
wiedergegeben haben, so schob Locke sofort hinterher:
„ja wirklich, ich will doch nicht aussehen wie ein Penner."
Ok, kann man so im Raume stehen lassen. Den-
noch kam Locke in den zweifelhaften Genuss einer
meiner „das ist dann heute das letzte Mal, sie müssen mit ihrem Geld besser wirtschaften Predigten",
die zumindest für den Moment zu wirken schien.
Sicherlich haben wir keinen Erziehungsauftrag,
aber ewig konnte das so auch nicht weitergehen.
Ein wenig eingeschüchtert sagte Locke dann, dass
ich ihn wegen eines Vorschusses wahrscheinlich
nicht noch einmal sehen werde. So war es am Ende
dann auch tatsächlich, auch wenn das einschüch-
tern natürlich nicht in meinem Interesse war.
Und so zog Locke mit dem Lebensmittelgutschein
von dannen. Er bat um vierzig Euro, diese waren
angemessen und wurden ihm zugestanden. Es würde reichen um die Zeit bis zur Lohn- oder der
nächsten Leistungszahlung zu überbrücken.

Einige Wochen später traf die Rechnung eines großen Discounters ein. Mit der Rechnung auch der
Kassenbon. Dieser war zum Abrechnen erforder-

lich um zu sehen, dass wirklich kein Alkohol oder ähnliches gekauft wurde.

Nein, unser Locke kaufte weder Alkohol noch Zigaretten, dafür ungefähr zwanzig Pakete Tomatenmark und diverse Pakete Streukäse. Nichts weiter....
Wie diese Einkaufsliste zu Stande kam, überlasse ich Ihrer Phantasie. Nur so viel: Locke übte seinen Nebenjob bei einem Pizzalieferdienst aus.

III. Eine weitere, auch schon öfter gesehen Variante, erfordert etwas Zeit. Nennen wir sie: „**Die Geduldige**".

Wir befinden uns wieder im selben JobCenter wie im ersten Beispiel.

Neben unserem Vogelfreund aus dem ersten Beispiel gab es noch zwei weitere Menschen, die eine ähnliche Einstellung zur Arbeitssuche hatten, wie er in meinem Sachgebiet. Eine davon war Ursula.

Ursula hat zwei Kinder auf die Welt gebracht, welche mittlerweile volljährig sind. Oft betonte sie, dass wenn sie vorher gewusst hätte, wen ihre Töchter heirateten sie diese wohl nicht geboren hätte.

Da hing der Haussegen offensichtlich mächtig schief und jeder sollte es erfahren.

Seit der Geburt ihrer beiden Kinder hat sie keine Bemühungen mehr unternommen für ihren Lebensunterhalt selbst aufzukommen.

Erst ging das noch ganz gut, bekam sie doch anständige Unterhaltszahlungen, von denen sie ihre Familie durchbringen konnte. Als der Unterhalt weggefallen ist musste sie einen Antrag auf Unterstützung beim JobCenter stellen. Ursula war, was ihre Abneigung gegenüber dem Arbeitsmarkt angeht, definitiv ein sehr hartnäckiger Ausnahmefall. Erzählte sie doch bei jeder Gelegenheit, zu der man das nicht hören wollte, jedem der sie nicht danach gefragt hat, dass sie nicht zwei Kinder bekommen hätte um dann noch zu arbeiten. Nicht eine Sekunde würde sie mehr arbeiten wollen.

„Eher breche ich mir beide Beine..."

Außerdem sollten Frauen sowieso nicht arbeiten. Das hätte ja nichts mit Gleichberechtigung zu tun, denn sie bekämen ja die Kinder und sowieso saß ihr Mann zu Hause vor dem Fernseher, als sie in den Wehen lag und weil ihr Mann so war, sind alle anderen Männer auch irgendwie scheiße.

Ja man hat in diesem Beruf gelegentlich mit echten Philosophen und Lebenskünstlern zu tun.

Ursula war definitiv ein ganz spezielles Original.

Vor allem eins mit umgangssprachlicher großer Schnauze. Kein Blatt vor den Mund und meistens wurde gehandelt ohne dabei sonderlich viel nachzudenken. Sie war halt sehr direkt.

Dies führte unter anderem einmal dazu, dass es direkt vor der Eingangstür des JobCenters zu einer handfesten Auseinandersetzung kam, jemand hatte Ursula eine Zigarettenkippe vor die Füße geworfen, solch Respektlosigkeiten regelte sie auf ihre Art und Weise.

Sie nahm das Ganze nicht so ernst, die Kontrahentin auch nicht – vielleicht kannten sich beide auch.

Man einigte sich im Anschluss irgendwie auch ohne die Polizei. *„Man schlägt und verträgt sich, so ist das hier.“*, sagte sie uns hinterher.

Es war ihr Stadtteil und sie liebte ihn. Wegziehen für eine Arbeit, einen Mann oder ihre Kinder? Kam nicht in Frage.

Vor allem nicht für eine Arbeit und mit den Männern hätte sie abgeschlossen. Alles Schweine, auch das erzählte sie jedem der es nicht hören wollte. Mit Vorliebe den männlichen Kollegen.

Die letzten Jahre hat unsere Ursula ziemlich viel getrunken, dass sah man ihr auch an. Sie liebte ihre schwarze Bomberjacke, mit der man sie auch im Sommer antraf. Im Mundwinkel immer eine Zigarette, auch im Gebäude, dann allerdings die ausgedrückte Kippe. Sie sagte, sie brauche das für ihren Clint Eastwood-Moment. Die ergrauten Haare könnten durchaus öfter einmal eine Bürste oder im Idealfall auch mal eine Wäsche vertragen.

Was das anging, so stellte man fest: Ursula hatte andere Prioritäten oder aber keine sonderlich hohen Ansprüche an sich selbst.

Was Ursula ziemlich gut hinbekam, waren die regelmäßigen Termine um sich wieder einen Lebensmittelgutschein abzuholen. Mit den Terminen in der Arbeitsvermittlung funktionierte das leider nicht so gut, dort erschien sie eher selten. Um nicht zusagen: eigentlich nie. Immer pünktlich und gut vorbereitet erschien sie im Leistungsbereich. Eine gewisse Routine war schon dabei.

Und so kam sie meist nett grüßend, man sah sich ja alle zwei Wochen, und drückte einem den alten schon fast zerfallenden Personalausweis mit Tabakresten in die Hand.

Die Formalitäten waren schnell erledigt und sie ging wieder, mit Lebensmittelgutschein in den vergilbten Händen, ihrer Wege.

Auch Ursula durften wir einmal beim Discounter aus dem ersten Beispiel treffen. Jeder wusste, dass Ursula viel und gerne trank. Die Plastikflasche Discounterbier guckte öfter aus der Tasche ihrer Bomberjacke heraus. Therapien?

Hat sie öfter einmal angefangen, aber ein Problem mit Alkohol hatte sie nicht, eher ohne. Sagte sie.

Ursula hatte sich strategisch klug im Eingangsbereich positioniert und fragte jeden hereinkommenden Kunden ob sie deren Einkäufe mit dem Lebensmittelgutschein bezahlen dürfe, sie würde dann gerne die Einkäufe von den entsprechenden Kunden in bar bezahlt bekommen.

Sie erzählte jedem, der nur lange genug stehen blieb, herzzerreißende Geschichten vom betrügerischen JobCenter, auch davon, dass sie eigentlich nichts dafür könne, schließlich habe ihr Mann sie mit zwei Kindern sitzen lassen und davon, dass sie mit dem Lebensmittelgutschein ja keine Tiernahrung kaufen könne (was natürlich nicht stimmte) und ihr Hund doch so einen großen Hunger habe. In diesen Situationen fuhr Ursula zur Höchstform auf und präsentierte sich in beeindruckender Redegewandtheit. Wenn sie dieses Talent doch nur für eine ordentlich Arbeit nutzen würde…

Zwei Wochen später bat sie mich darum, dass ich ihr das nicht übelnehmen solle. Irgendwie müsse sie ja auch an Geld kommen. Einen Hund habe sie nicht, aber wenn Menschen mit Mitleid ihr stattdessen Hundefutter brachten, so würde sie das Hundefutter auch anschließend zum Tierheim bringen und wenn sie das gemacht habe so hätte sie auch ihr Feierabendbier verdient. Ein schlechtes Gewissen habe sie deswegen nicht, denn für sie war das auch irgendwie Arbeit.

20. Nur am Weihnachtsbaum brennt noch Licht

Neben allerlei merkwürdiger und denkwürdiger Kontakte der menschlichen Art, haben wir in schöner Regelmäßigkeit mit wenig kooperativer Technik zu kämpfen.

Systemausfälle sind tatsächlich keine Erfindung irgendwelcher Mitarbeiter um nicht arbeiten zu müssen, sondern in unregelmäßigen Abständen bittere Realität. Gewinnt man damit etwas?

Die Frage kann sich jetzt jeder selbst beantworten. Denn, nur weil die Computer oder einzelne Programme in diesem Moment nicht funktionieren und man nicht arbeiten kann, wird die Arbeit bekanntlich auch nicht weniger.

Kurz vor Weihnachten traf es uns allerdings ziemlich heftig.

So war ich doch im Laufe meiner JobCenter-Karriere in einem recht großen Standort gelandet. Acht Etagen und eine dreistellige Anzahl an Mitarbeitern umfasste der entsprechende Standort. Es weihnachtete sehr und dank zuvor durchgezogener Grippewelle waren die personellen Reihen stark ausgedünnt. Wenige Mitarbeiter bedeutete mehr

Arbeit für den Einzelnen, bedeutete auch erhöhte Wartezeiten. Dementsprechend angespannt war die Lage.

Der Wartebereich brechend voll, die normalerweise relativ entspannte Stimmung war selbstverständlich wenig besinnlich, von vorweihnachtlicher Atmosphäre zeugten nur zwei Tannenbäume die im Wartebereich aufgestellt waren. Selbstverständlich mit Lichterkette und einem gesunden Maß an Dekoration. Wenn man schon mindestens acht Stunden seines Tages hier verbringt, darf es ja auch mal schön aussehen.

In diesen Tagen quälte man sich dann durch die Massen an Publikum bis mitten am Vormittag auf einmal alle PCs und das Licht ausgingen.

Fuck! Noch unpassender hätte es eigentlich gar nicht kommen können.

Wie wir später erfuhren wurde vor dem Haus gearbeitet und ein unachtsamer Baggerfahrer durchtrennte die Stromleitung zu unserer Dienststelle. Menschen in dieser Zeit davon zu überzeugen, dass wenn sie bereits zwei Stunden warteten noch etwas Geduld haben müssten, weil die Technik ausgefallen ist, macht alles, aber bestimmt keinen Spaß.

Der Personell ganz gut ausgestattete Sicherheitsdienst sah schon bürgerkriegsähnliche Zustände auf uns zukommen, letztendlich konnte alles für den Moment auch unter Einsatz der Führungskräfte friedlich geregelt werden, auch wenn sich hier und da ein wenig die Emotionen hochschaukelten.

Als sich dann, nach etwa einer halben Stunde, herumsprach warum denn der Strom weg war, war auch klar, die Behebung wird dauern.

Ein so großes Gebäude verfügte tatsächlich über ein Notstromaggregat, auch die unterschiedlich gefärbten Steckdosen sprachen sich schnell herum. Wusste doch vorher niemand, warum die einen orange und die anderen weißgefärbt waren. Nur was passiert, wenn hunderte Kollegen ihre Rechner, Monitore und Drucker in die anderen Steckdosen stöpseln? Richtig! Das Ding bricht ebenfalls zusammen.

So wurde uns dies relativ schnell untersagt und nur einige Bereiche durften diese nutzen.

Vor allem die, die sich um die Auszahlung von Leistungen kümmerten.

Das JobCenter wurde allerdings für den Publikumsverkehr vollständig geschlossen. Kurz vor Weihnachten stellte sich das als brillante Idee heraus. Sind das doch oft die vollsten Tage des Jahres. Ein Teil der Mitarbeiter musste im Eingangsbereich verharren und etwa eine halbe Woche lang erklären, dass auf Grund eines Stromausfalles keine Bearbeitung von Anliegen möglich ist und dies auf Wunsch schriftlich bestätigen.

Es dauerte nicht lange bis der ersten Vorsprechenden auffiel, dass am Weihnachtsbaum noch Licht brannte…

Wie kann es sein wenn doch das Gebäude angeblich keinen Strom hat?

Die Stromversorgung war wirklich unterbrochen, nur hing der Baum dummerweise am Notstrom – eine besinnliche Beleuchtung hatte natürlich Priorität.

Ne, jetzt mal ganz im Ernst, eigentlich wurde beim Aufstellen nur die falsche Steckdose verwendet. Allerdings erlosch dann auch recht schnell die Weihnachtsbeleuchtung und damit das letzte bisschen Besinnlichkeit.

21. Mythos Sanktion

Nun folgt trockene Theorie, wer darauf keine Lust hat bitte zum nächsten Kapitel springen.

Zu dem Zeitpunkt, als diese Zeilen entstanden, diskutierte halb Deutschland (mal wieder) über die Ungerechtigkeit von Sanktionen. Ein Thema, zu welchem natürlich von allen Seiten Stellung bezogen wird, die meisten der Personen die sich dazu äußern, haben jedoch von der Praxis keine Ahnung. Purer Populismus also.
Ich möchte hier jetzt keine Erfahrung niederschreiben die als Rechtfertigungsprozess für Sanktionen gilt. Es geht mir einfach nur mit einigen Mythen aufzuräumen.

I. Willkür:

Es ist nicht möglich willkürlich Sanktionen auszusprechen oder von diesen abzusehen. Das Sozialgesetzbuch II (SGB II) ist in diesem Falle eindeutig und auch bei der Umsetzung ist kein Platz für: „Mir passt deine Nase nicht."
Grundsätzlich muss von der Empfängerseite ein Fehlverhalten vorliegen. Man kommt nicht zum Termin, weigert sich eine Arbeit anzutreten oder

ähnliches.

Hat man eine Handlung vorgenommen, oder nicht vorgenommen, wofür das Gesetz eine Sanktion vorsieht, so hat man die Sanktion als Vermittler auch entsprechend zu veranlassen. Aber nur wenn kein wichtiger Grund für das Fehlverhalten vorliegt...

Ist jemand krank und kann deswegen nicht erscheinen, so kann er dies nachweisen und ist entschuldigt. Hat jemand keine Lust oder den Termin vergessen, so liegt ein Tatbestand vor für den eine Sanktion eintreten muss.

Im Übrigen ist es so, dass nahezu alle Entscheidungen im vier Augen Prinzip, das heißt von mindestens zwei Mitarbeitern getroffen werden. In meinem aktuellen Berufsalltag ist es so, ich stelle fest, es liegt ein Fehlverhalten vor, wonach eine Sanktion eintreten muss. Wichtige Gründe die gegen eine Sanktion sprechen wurden nicht vorgetragen (der Empfänger wird IMMER (!) vorher angehört), also gebe ich eine entsprechende Mitteilung an den passenden Leistungssachbearbeiter, mit Begründung, Nachweis über die Anhörung und wenn eine vorliegt, sogar die Antwort auf die Anhörung.

Dieser setzt die Sanktion dann entsprechend um oder gibt den Vorgang zurück, wenn etwas nicht stimmig oder falsch ist.

Darüber hinaus sind wir persönlich dafür verantwortlich, wenn ein Widerspruchsverfahren ergibt, dass hier falsch gearbeitet wurde. Vom Mitarbeiter in der Arbeitsvermittlung (unsere Berufsbezeichnung ändert sich gefühlt täglich, aktuell: Integrationsfachkraft) muss alles so dokumentiert werden, dass im Zweifelsfall auch das Sozialgericht die Entscheidung nachvollziehen kann. Welches natürlich jederzeit unsere Entscheidung kippen kann.

II. Sanktionsquoten / Prämien:

Bisher führte mich mein beruflicher Werdegang in drei verschiedene Städte in deren JobCentern ich tätig war. Noch nie habe ich von Sanktionsquoten gehört die erfüllt werden müssen. Es gibt keine Prämien für das fleißige Aussprechen von Sanktionen, diese sind auch mit dem Tarifvertrag und nicht zuletzt mit dem Sozialgesetzbuch nicht vereinbar. Allgemein bekommt man in der Vermittlung keine Prämien. Weder für erfolgreiches vermitteln, noch für ausgiebiges Buchen von Maßnahmen, noch für das sanktionieren.

Die Kolleginnen und Kollegen in der Arbeitsvermittlung profitieren also nicht von Sanktionen. Die Vorgesetzten im Übrigen auch nicht. Diese werden nur daran gemessen wie viele der betreuten Personen in Arbeit kommen und auch in Arbeit bleiben.

Halte ich die Möglichkeit Sanktionen eintreten zu lassen für notwendig?

Absolut. Der durchschnittliche Mensch neigt dazu maximalen Ertrag bei minimalem Aufwand zu erreichen. Für einige Menschen (wir reden von gerade einmal 3% aller ALG II Empfänger die im Jahr 2017 Erfahrung mit Sanktionen gemacht haben) ist der Lebensstandard, welcher mit dem umgangssprachlichen Hartz IV erreicht wird ausreichend.

So, dass gar kein Interesse besteht an der Situation was zu ändern. Dies hat sich durch die massiven Erhöhungen, mit der Einführung des Bürgergeldes, auch nicht geändert. Der Unterschied ist nur, dass es mir mittlerweile viele ins Gesicht sagen. Andere (wir reden immer noch von wenigen Einzelfällen) arbeiten vielleicht nebenbei in weniger legalen Arbeitsverhältnissen und erscheinen deswegen nicht zu Terminen und wirken auch darüber hinaus in keiner Weise irgendwie am Integrationsprozess mit. Hier bieten Sanktionen die Möglichkeit, zum einen etwas Druck auf die entsprechende Person auszuüben und zum anderen auch zum Schutze des Steuerzahlers.

Denn wenn jemand die Hilfe der Gemeinschaft in Anspruch nimmt, so hat die Gemeinschaft auch zu erwarten, dass jemand alles tut um sich aus der Situation zu lösen oder die Unterstützung muss zurückgefahren werden.

In einigen Fällen erweisen sich Sanktionen auch als letztes Mittel um ein Umdenken zu erzeugen und die entsprechende Person doch noch zur Mitarbeit zu bewegen. Einige Menschen müssen mit viel Mühe dazu bewegt werden, Gespräche „im Amt" wahrzunehmen, damit man diesen erst einmal vermitteln kann, dass wir eigentlich nichts Schlimmes möchten. Grundsätzlich wollen wir allen dabei helfen aus der aktuellen Situation zu entfliehen. Es gibt leider genügend Menschen, die ohne den Druck einer drohenden Sanktion, gar nicht erst zu den Terminen erschienen würden.

Als geeignetes Motivationsmittel empfinde ich Sanktionen nicht, auch wenn es tatsächlich in sehr wenigen Ausnahmefällen dazu geführt hat, dass die Motivation einer Arbeitsaufnahme stark zugenommen hat.

Hinweis: Dieser Text stammt aus der ersten Auflage (2018), seitdem haben sich einige rechtliche Rahmenbedingungen geändert. Willkürliches aussprechen von Leistungsminderungen ist selbstverständlich immer noch nicht möglich. Ganz im Gegenteil, dass aussprechen von Leistungskürzungen ist deutlich schwerer geworden. Wenn also wieder die Rede davon ist, dass diese Rückläufig sind, weil sich seit Einführung des Bürgergeldes die Menschen kooperativer zeigen ist das eher gelogen. Meine persönliche Erfahrung ist das genaue Gegenteil (10/2024). Die Leute missverstehen das Bürgergeld als bedingungsloses Grundeinkommen. Die Umsetzung von Leistungsminderungen ist nur deutlich komplizierter und teilweise unmöglich geworden. Dadurch sind die Zahlen rückläufig.

22. Heimreise und ein Studium in London

Diesmal geht es zwei verschiedene Fälle mit ähnlichem Ausgang. Wieder aus der Sicht eines Leistungssachbearbeiters.

In den JobCentern soll es des Öfteren mal vorkommen, dass verschiedene Bereiche weniger optimal miteinander kommunizieren als es eigentlich erforderlich ist. Meistens funktioniert der Informationsfluss, in einigen Fällen aber dann leider nicht.

I. Im ersten Fall war es noch üblich Leistungen für jeweils sechs Monate zu bewilligen. Mittlerweile werden Leistungen für zwölf Monate bewilligt. Es lag erneut ein Weiterbewilligungsantrag für eine große Familie vor. Gebürtiger Niederländer, sechs Kinder, eine Frau. Die Kinder waren mittlerweile alle volljährig, aber bis auf eine Ausnahme noch in der Bedarfsgemeinschaft. Sprich sie waren jünger als fünfundzwanzig.

So ergab es sich, dass monatlich ein recht hoher Geldbetrag an diese Familie überwiesen wurde. Regelleistung für sieben Personen, Miete, Nebenkosten, Heizung.

Der für den Mann zuständige Arbeitsvermittler, teilte regelmäßig mit, dass sich Herr Oranje zwar um Arbeit bemühe, aber mehr als hier und da mal ein paar Wochen als Aushilfe in der Gastronomie kamen dabei nicht rum.

Auf jeden Fall wurde immer deutlich zu wenig Einkommen erzielt für eine solch große Familie. Die Ehefrau war nicht in der Lage zu arbeiten, zu groß die gesundheitlichen Einschränkungen, dementsprechend selten war sie in der Arbeitsvermittlung zu Gast.

Nur von den Kindern hörte man nie etwas. Da die Vermittlung für Jugendliche in einen besonderen Standort ausgelagert war, hieß das eigentlich nur: Kinder kommen zu Terminen, arbeiten mit, finden nur keinen Job.

Alles andere würde ich schon erfahren. So müsste ich ja als Sachbearbeiter auch Sanktionen erfassen, wenn etwas nicht so läuft wie es sollte.

Der Antrag wurde bewilligt, wieder für einen Zeitraum von sechs Monaten. Ein paar Tage später flatterte eine E-Mail des Vermittlers aller „Kinder" ins Haus.

Ich sollte doch mal bitte den Vater einladen und fragen warum seine Kinder nie zu den Terminen erscheinen.

Der Kollege wunderte sich schon sehr darüber. Warum in diesem Falle keine Sanktionen umgesetzt wurden. Eine Erklärung hatte er dafür auch nicht. Es wurde einfach ignoriert oder vergessen, was am Ende tatsächlich auch dienstliche Konsequenzen haben sollte.

Als jemand der für Geldleistungen zuständig ist, hat man schnell die Erfahrung gemacht, dass Termine in meinem Büro deutlich häufiger wahrgenommen wurden als beim Vermittler und so lud ich den Vater ein und fragte warum denn seine Kinder nie zu Terminen erscheinen würden.

„Wie sollen die jedes Mal hier hinkommen? Die studieren doch schon seit Jahren in London!"

Antwortete er ziemlich empört. Wenigstens war er dabei ehrlich, wieso er die Kinder jedes Mal in den Weiterbewilligungsantrag geschrieben hat, konnte mir Herr Oranje nicht erklären.

Ihm war wohl bewusst, dass diese keinen Leistungsanspruch hätten. Aber er ging davon aus, dass wir schon wissen würden, dass die Kinder in London wären. Nein wussten wir nicht. Woher auch? Warum sollten wir die Kinder auch aus London nach Deutschland bestellen und warum sonst sollten die Einladungen direkt an die Adresse in Deutschland gehen? Außerdem wenn er doch wüsste, dass kein Leistungsanspruch bestehe, warum fiel ihm nicht auf, dass die Kinder in jedem

Bewilligungsbescheid auftauchten und seit Jahren Leistungen erhalten? Dass wir Kinder nicht einladen, wenn sie keinen Leistungsanspruch hätten war ihm eigentlich auch klar und so redete sich Herr Oranje mit jedem Wort weiter in den Abgrund, den er sich selbst geschaufelt hat. Da er bereits wieder eine Beschäftigung aufgenommen hatte, war auch für ihn der Leistungsanspruch erloschen. Die Wohnung war nicht wirklich teuer und so reichte das Einkommen am Ende um die Bedarfe seiner Frau und von ihm komplett zu decken.

Im Nachhinein verbrachten wir mehrere Stunden damit eine rechtssichere Anhörung inklusive Vorher-/Nachherberechnung zu erstellen und noch einmal derselbe Aufwand ein paar Wochen später für den Rückforderungsbescheid.
Kurz nach dem Herr Oranje den Rückforderungsbescheid über eine beachtliche fünfstellige Summe erhalten hat, setzte sich dieser, mit seiner Frau, ebenfalls nach London ab. Die fällige Summe konnte zum damaligen Zeitpunkt nur in Deutschland eingetrieben werden…

II. Eine andere, aber doch sehr ähnliche Situation, ergab sich ein paar Jahre später erneut. Diesmal wechseln wir die Perspektive. Als ich in der Arbeitsvermittlung mein Sachgebiet übernahm fielen mir direkt einige Personen ins Auge, die schon seit sehr langer Zeit nicht mehr in der Arbeitsvermittlung waren. Einige davon waren sehr schwer erkrankt, andere in Arbeit. Hier bestand kein wirklicher Handlungsbedarf.

Wiederum andere aber arbeiteten schlicht und einfach nicht mit. Sie erschienen nicht zu Terminen, wiesen keine Bewerbungen nach, beworben sich erst gar nicht auf zugesandte Stellenangebote. Oder vereinfacht ausgedrückt: Man hörte nie etwas von diesen Menschen.

Es ist mir immer ein besonderes Bedürfnis gewesen an diesen Menschen dran zu bleiben.

Entweder man erfuhr, dass hier tiefergreifende Baustellen vorlagen (wie zum Beispiel in IV.) und konnte es zumindest versuchen zu helfen oder entsprechende Personen sahen am Ende ein, dass die einzige Möglichkeit sich vor der Arbeitsvermittlung zu drücken, der Weg war indem man Arbeit aufnahm.

Man erwartet ja eigentlich nicht viel, aber wenigstens mal zu Terminen erscheinen und ein paar Worte zur aktuellen Situation loswerden, kann eigentlich nicht zu viel verlangt sein.

In der Regel funktionierte das dran bleiben. In diesem Falle leider nicht. Mit jedem Einladungsschreiben ging gleichzeitig ein Antwortbogen raus, in dem der Betroffene sich äußern konnte, für den Fall, dass er z.B. arbeiten muss.

Auf jede Einladung in diesem Falle folgte eine Rückmeldung. Entweder war der eingeladene krank (es folgten darüber keine Nachweise) oder musste zu einem Vorstellungsgespräch (ebenfalls keine Nachweise).

Die Auszahlung verweigern bis unser Antragsteller das nächste Mal beim Vermittler Platz nahm ist (zu diesem Zeitpunkt) rechtlich nicht zulässig gewesen und so sammelte unser Herr zwar ein paar Sanktionen, aber letztendlich lief ein Großteil der Leistungen weiter.

Es folgte eine erneute Einladung. Wie immer mit dem entsprechenden Antwortbogen, dieser kam recht schnell handschriftlich ausgefüllt zurück. Er befindet sich zum Meldetermin auf einer Hochzeit in Hannover.

Jackpot. Endlich ein Grund die Leistungen zu unterbrechen und ihn so an den Tisch zu bekommen. Denn, sobald das JobCenter Kenntnis darüber hat, dass sich die Person unangemeldet nicht mehr im Heimatort (bzw. im nahen Bereich drum herum) befindet, sind die Leistungen bis zur nächsten persönlichen Vorsprache einzustellen.

So soll verhindert werden, dass Menschen zum Beispiel im Ausland leben, aber hier Leistungen erhalten.

Die Leistungen wurden eingestellt, ein entsprechender Brief dem Herrn zugestellt. Würde er ja lesen, wenn er wieder in seiner Wohnung ist.

Ein paar Tage später rief mich eine Kollegin aus der Leistungsabteilung an. Der Krankenkasse sei aufgefallen, dass wir seit Jahren Beiträge überweisen.

Der Herr hätte sich dort aber abgemeldet, weil er wieder in seiner Heimat (dem Iran) leben würde.

In der Wohnung wohnte nun der Cousin, dieser beantwortete wohl immer fleißig die Post…

23. Oder wie oder was?

Wir befinden uns am selben Ort wie in XIV:

Menschen hinterlassen aus verschiedensten Gründen einen bleibenden Eindruck. Manche auf Grund ihrer beeindruckenden Lebensgeschichte, andere auf Grund des besonderen Aussehens, eines Akzentes, weil man einfach auf einer Wellenlänge ist, andere aber auch einfach nur, weil sie sehr anstrengend sind. Markus (Name selbstverständlich geändert), war so jemand.

Markus war Anfang dreißig, leicht rundliche Figur, dabei nicht sonderlich groß gewachsen und die letzten Jahre in Haft gewesen. Markus kam regelmäßig zu uns um Bewerbungen zu schreiben. Er suchte eine Ausbildung. Ein Anliegen, welches ich ganz ohne Ironie, sehr wichtig und richtig fand. Auch mit seinen mittlerweile knapp über dreißig war das Ziel einer Ausbildungsaufnahme nicht unrealistisch.

Bei uns war es üblich, dass wenn das gewünscht wird die Bewerbungen noch einmal gemeinsam überarbeitet wurden. Die Hauptarbeit macht der Bewerber und im Anschluss wird an Formulierungen, Grammatik, Rechtschreibung und manchmal ein wenig am Inhalt gefeilt. Am Ende sollte eine brauchbare Bewerbung dabei herauskommen, in der man den Bewerber auch noch wiedererkennt. Bei einigen unserer Besucher ist das gar nicht so einfach, aber größtenteils ging das Ganze doch meistens irgendwie gut.

Markus war ein schwerer Kandidat. Es war schon nicht einfach den Lebenslauf so zu gestalten, dass er nicht direkt negativ auffiel. Haftzeiten sieht kein Arbeitgeber gerne. Letztendlich ist ein rumpliger Lebenslauf auch kein Beleg dafür, dass sich Bewerber nicht ändern können. Leider sehen das viele Arbeitgeber aber heute immer noch so.

Neben dem Lebenslauf hatte Markus auch noch Probleme mit den Formulierungen und zum Teil auch ausgeprägte Schwierigkeiten mit der Rechtschreibung. Alles nichts wofür man jemanden verurteilen könnte und auch nichts was zwingend relevant ist, schließlich wollte er eine handwerkliche Ausbildung machen.

Leider hatte Markus ein Talent dafür entwickelt alles zu verschlimmbessern. Ein ausgeprägtes Verständnis für Verbesserungsvorschläge war leider ebenfalls nicht vorhanden, so dass man oft in verständnislose Augen hinter der dicken Brille sah, wenn man ihm mal wieder sagen musste, dass etwas mal wieder nicht richtig geschrieben oder formuliert war. Am liebsten hätte man ihn im Laufe des Tages mehrmals ins Gesicht gebrüllt: „Dann mach es so, aber dann ist es halt scheiße…"

Am Ende galt jedoch der Grundsatz: Lächeln und winken. Sprich Professionalität wahren und helfen wo man kann. Dennoch folgte er immer demselben Muster. Einen Schritt vor und dreihundertsiebenundvierzig im Vollsprint zurück. Er behob einen Fehler, überarbeitete einen Satz und zerstörte damit das komplette grammatikalische oder inhaltliche Konstrukt des einen Absatzes – manchmal sogar der ganzen Bewerbung.

Seine von Unverständnis erfüllte Antwort auf unsere Ratschläge, beziehungsweise erneuten Anmerkungen, war nahezu immer:

„Ich hab' das doch jetzt verbessert?! Oder wie? Oder was?"

Einfach jeder gesprochene Satz endete bei ihm mit „Oder wie? Oder was?"

Es erforderte Unmengen an Geduld eine gescheite Bewerbung zu erstellen. Mit dieser bewarb er sich dann auch mehrmals. Als er am nächsten Tag erneut erschien, um weitere Bewerbungen zu schreiben, stellten wir zu unserer aller Entsetzen fest, dass Markus die Arbeit vom Vortag nicht gespeichert hat. Selbstverständlich waren wir daran schuld, denn haben wir ihn am Ende offensichtlich nicht oft genug darauf hingewiesen, dass alles gespeichert werden muss. Auch der Hinweis am Monitor war offensichtlich nicht ausreichend. Alle Daten werden automatisch nach dem Abmelden von unseren PCs gelöscht. Also alles wieder von vorne.

So ging das über Monate, da sich unser Markus wohl auch ziemlich ungeschickt in den Vorstellungsgesprächen verhielt. Einladungen erhielt er oft, ein Angebot für einen Ausbildungsvertrag nicht.

Im Laufe der Zeit wurde Markus leider immer ungehaltener und ungeduldiger. Man sabotiere ihn und eigentlich seien seine Bewerbungen vor dem Überarbeiten durch uns sehr gut. Niemand wird gezwungen die Bewerbungen vorzulegen und wir lesen uns diese auch nur auf ausdrückliche Bitte des Bewerbers durch. Ein Umstand den Markus wohl vergessen hatte. Auch seien wir schuld, dass sein Konto geplündert wurde und sein PC defekt sei. Bevor er bei uns war ging ja der PC noch. Am Ende verschwand er einfach für ein paar Monate.

Völlig überraschend teilte er uns dann nach einiger Zeit mit, dass er doch eine Ausbildungsstelle gefunden hätte. Der Betrieb hätte dann aber finanzielle Probleme bekommen und so fragte er uns, ob wir ihm noch mal helfen könnten. Er müsse noch mal von vorne anfangen sein USB Stick mit den Bewerbungen sei weg.

Und so begannen wir wieder von vorne, oder wie? Oder was?

24. Der Imbisswagen

Beratung von Personen die Ideen für eine Selbstständigkeit haben gehört genauso zu den Aufgaben
einer Integrationsfachkraft (umgangssprachlich
Arbeitsvermittler), wie die Vermittlung in reguläre
Tätigkeiten. Denn: Jemand der eine gute Idee hat
ist ja durchaus in der Lage sich erfolgreich mit einem eigenen Betrieb aus dem Leistungsbezug zu
lösen und ein anderes Ziel bleibt am Ende ja auch
nicht und wer weiß wie viele mögliche Arbeitsplätze durch einen gut laufenden Betrieb entstehen
könnten?

So war auch Jenny gewillt sich selbstständig zu machen. Wobei man bei ihr dazu sagen muss, dass die
Motivation so stark ausgeprägt war, dass eine andere Option nicht in Frage kam. Jedes Stellenagebot
wurde mit Hinweis auf die geplante Selbstständigkeit abgeschmettert. Sie war eine junggebliebene
Anfang Vierzigjährige. Sie hat in ihrem Leben bereits einen Imbisswagen für einige Jahre betrieben
und musste den Betrieb am Ende aus gesundheitlichen Gründen aufgeben.
Die gesundheitlichen Probleme waren zwischenzeitlich behoben.

Die Hürden aus dem JobCenter in eine Selbstständigkeit zu kommen waren relativ hoch und der
Weg dorthin doch recht beschwerlich. So sollte
verhindert werden, dass sich zu viele Menschen
selbstständig machen, denen am Ende vielleicht die
nötigen Fähigkeiten und die passende Ausdauer
fehlen. Vor allem sollten diese Personen davor be-
wahrt werden existenzbedrohende Entscheidungen
zu treffen. Nicht selten enden Selbständigkeiten mit
einem großen Berg an Schulden und wenn diese
dann am Ende noch bei den falschen Menschen
sind, kann es ganz ungemütlich werden.
Bei Jenny war das nicht das große Problem. Ganz
im Gegenteil, sie war schon fleißig dabei alles vor-
zubereiten. Den gewünschten Imbisswagen hatte
sie bereits gekauft und die Renovierung bereits in
Auftrag gegeben. Dabei ging ihr das Geld aus und
sie brauchte etwas Unterstützung.

Zu Beginn kannten wir uns nur vom Telefon. So
gab es diverse Anliegen die geklärt werden mussten.
Jenny war nicht auf den Kopf und erst recht nicht
auf den Mund gefallen. Sie hatte diese klassische
Marktverkäuferattitüde. Sie konnte sich verkaufen,
andere würden jetzt behaupten: Sie redet ohne
Punkt und Komma. Vor allem, hörte sie erst auf zu

reden, wenn die Person gegenüber klein beigegeben hat und das entsprechende Ziel erreicht war. Funktionierte bei mir zumindest nicht in der gewünschten Form.

So ganz einfach war unsere Zusammenarbeit dadurch natürlich nicht, sie wollte unbedingt sofort loslegen und ich musste regelmäßig auf die Bremse treten, da ja gewisse Formalitäten eingehalten werden mussten. Darüber hinaus war ihre aufgedrehte Art gerade in längeren Gesprächen wirklich sehr anstrengend. Auch einen Businessplan habe ich lange nicht zu sehen bekommen. Wie soll ich denn ohne eine Grundlage erkennen, dass ihre Zukunftsplanung auf realistischen Vorstellungen und soliden Ideen basiert?

Das mit dem Businessplan konnte dann irgendwann besprochen werden und sie machte sich auf den Weg, um mit professioneller Hilfe, einen entsprechenden Plan zu erstellen.

Existenzgründer werden in der Stadt, in der wir uns in diesem Falle befinden, in einem separaten Standort betreut und beraten. Förderungen sind auch erst möglich nach dem eine erste Informationsveranstaltung besucht wurde und sich der zuständige Kollege / die zuständige Kollegin ein Bild vom Gründungsanliegen machen konnte.

Sowas zieht natürlich den gesamten Prozess in die Länge. Das war sicherlich ungünstig in einigen Fällen, vor allem aber auch eine ziemliche Belastung für Jennys Nerven. Letztendlich sollte dieser Vorgang aber vor unüberlegten Schnellschüssen bewahren.

Sie redete gerne, sie redete viel, sie war die geborene Verkäuferin aber eines war sie in erster Linie nicht: eine Person die still sitzen konnte. Und so musste ich ihr regelmäßig erklären warum es denn nicht weiterging und dass eine tragfähige Existenzgründung in erster Linie Geduld braucht.

Als dann endlich der Businessplan da war und ich sehen konnte, sie hat sich Gedanken gemacht und alles macht Sinn und ist sinnvoll durchkalkuliert, konnte ich sie endlich bei den Kollegen aus dem Bereich für Selbstständige anmelden.

Kurze Stellungnahme geschrieben und weitergeleitet. So läuft das eigentlich.

Leider hatte Jenny zwischenzeitlich eine Rechnung von dem Betrieb bekommen der sich um ihren Imbisswagen kümmerte. Bezahlen konnte sie diese natürlich ohne Unterstützung nicht. War es doch ein hoher vierstelliger Betrag. Auch hatte sie bereits erste Verträge für Standplätze abgeschlossen, ohne

zu wissen wie es denn bei uns überhaupt weiter
ging.

Für die Situation konnte ich wenig Verständnis
aufbringen, man kann doch keine Leistung in Auftrag geben, wenn man nicht mal weiß, ob man diese
bezahlen kann.

Hier zweifelte ich wieder leicht an der Eignung von
Jenny, da ich ihr aber zuvor versprochen habe, bei
einem plausiblen Businessplan recht wohlwollend
mit ihrem Gründungsvorhaben umzugehen schob
ich meine Zweifel beiseite und versprach ihr die
Anmeldung schnell fertig zu machen. Die endgülti-
ge Entscheidung trafen grundsätzlich Experten in
diesem Bereich.

Dies änderte natürlich erst einmal nichts an ihrem
Problem des fehlenden Geldes. Mehrfach erklärte
ich ihr, dass ich diese Entscheidung nicht treffen
kann, darf und werde. Auch die oft zitierte Schub-
lade voller Bargeld existierte nicht.

Sie konnte oder wollte das nicht einsehen und so
drehten wir uns im Laufe des Gespräches ständig
im Kreis und das in einem Tempo, dass einem
schwindelig wurde.

Irgendwann begann sie ihre Bluse aufzuknöpfen, in einem Akt der Unbeherrschtheit platzte es aus mir heraus:

„Das bringt sie auch nicht weiter!"

Ohne Punkt und Komma motzend verließ sie mein Büro. Die Kollegin aus dem Nachbarbüro, die das Gespräch teilweise mitverfolgt hatte, fiel fast vor Lachen vom Stuhl.

So richtig erklären, was man mit diesem Verhalten bezwecken will kann ich mir bis heute nicht. Wir arbeiten schließlich in einem JobCenter und befinden uns nicht in der italienischen Politik.
Im JobCenter für Selbstständige hat sich die Dame nie vorgestellt und versucht es seitdem auf eigene Faust.
Woher das Geld kam ist unbekannt. Wahrscheinlich hat sie am Ende einfach nur mit dem Chef des Renovierungsbetriebes geredet, bis dieser genervt nachgegeben hat. Hoffentlich ohne die Knöpfe zu öffnen…

25. Blühende Geschäfte

Die folgende Situation beschreibt, dass blühende
Geschäfte nicht zwangsläufig eine hohe Intelligenz
voraussetzen. Wir befinden uns wieder in den Tie-
fen des Ruhrgebietes. Es war ein frostiger Tag und
irgendwie beruhigte es dann doch im warmen Büro
zu sitzen. Die Postberge fielen in diesen Tagen
nicht ganz so hoch aus wie üblich.

Im Rahmen der alltäglichen Postbearbeitung flatterte mir ein Brief auf den Tisch, in dem ein Herr
darum bat seine Rückstände beim Stromversorger
zu übernehmen. Die Jahresabrechnung wies tatsächlich einen Nachzahlungsbetrag auf, welcher
höflich, ausgedrückt weit entfernt von Gut und
Böse war.
Knappe zweitausend Euro Strom sollte unser Herr,
nennen wir ihn Gärtner, nachzahlen.
Diese Summe könnte er von der Regelleistung
nicht aufbringen. Ein soweit verständliches Anliegen. Telefonisch wurde Kontakt aufgenommen
und Herr Gärtner konnte sich nicht erklären wie
die Summe zu Stande kam.
Eine Sonnenbank hätte er nicht, der Kühlschrank
sei klein und relativ neu, der Fernseher würde auch

nicht ständig laufen, einen stromvernichtenden PC habe er nicht und geheizt würde mit Gas und nicht über eine Nachtspeicherheizung.

Vielleicht würden die Nachbarn bei ihm Strom klauen. Er wohnte ja nicht in der sichersten Ecke der Stadt.

Herr Gärtner bat ausdrücklich darum mal mit dem Stromversorger zu sprechen, ob er noch etwas Zeit eingeräumt bekommt. Da in dieser Stadt eine direkte Abmachung mit dem Stromversorger bestand war dies möglich und so hielt ich kurz Rücksprache.

Auch der Stromversorger konnte sich die Summe nicht erklären und räumte uns etwas Zeit für Nachforschungen ein.

Der Außendienst wurde mit Erlaubnis von Herr Gärtner eingeschaltet um sich einmal auf die Suche nach möglichen Stromdieben zu machen.

Dieser erschien dann auch recht zeitnah bei Herr Gärtner und inspizierte die Wohnung. Dort sei alles unauffällig gewesen. Ein Fernseher älteren Modelles, der Kühlschrank sei tatsächlich wie vorher angekündigt relativ neu und die Dichtungen in Ordnung.

Stromintensive Haushaltsgeräte sind nicht aufgefallen. Bitcoins waren zu dem Zeitpunkt noch kein

Thema, also wie kam der Nachzahlungsbetrag zu Stande?

Ein Kollege aus dem Außendienst erzählte mir später, dass direkt der Drang geweckt wurde weiter nachzuforschen, denn hier stimmte definitiv etwas nicht. Nichts in der Wohnung deutete auf einen überdurchschnittlichen Stromverbrauch hin.

So wurde Herr Gärtner noch gefragt, ob man am Stromzähler im Keller nachsehen dürfe, ob dort jemand manipuliert hat.

Herr Gärtner zeigte den Kollegen den Weg und begleitete die Kollegen, um auch dort keine Manipulation feststellen zu können. Der Stromzähler ratterte in der Zeit fröhlich weiter und weiter.

Als letzter Ausweg blieb nur noch das Kellerabteil.

So wirklich nachgedacht hatte Herr Gärtner wohl nicht, denn auch hier bat unser Antragsteller mit dem grünen Daumen die Kollegen vom Außendienst bereitwillig herein. Im Keller befand sich ein großes Gewächshaus. In diesem hingen Wärmelampen, sowie UV-Lampen von der Decke, es gab eine provisorische Bewässerungsanlage und einen Haufen Cannabispflanzen. Der Ursprung für die hohe Rechnung war also gefunden.

Entsprechende Fotos wurden vom Außendienst

gefertigt und der Fall an Zoll und Polizei abgegeben. Ein Besuch der Polizei ergab „Ware" im Wert
von mehreren tausend Euro.

Eine Übernahme der Stromschulden kam natürlich
nicht mehr in Frage.

Der Fall ging dann irgendwann vor Gericht und
Herr Gärtner durfte die Leistungen die er vom
JobCenter erhalten hat am Ende zurückzahlen.

Mit Pflanzen konnte er offensichtlich umgehen, gut
kalkulieren um nicht aufzufallen gelang ihm dann
am Ende nicht. Hätte er zumindest in dieser Hinsicht doch etwas besser in der Schule aufgepasst
oder vorher weniger vom eigenen Stoff getestet,
denn der Außendienstbesuch wurde ihm vorher
angekündigt.

26. Schuhe

Es war mein zweites Lehrjahr und ich durfte erneut Arbeitslosengeldanträge bearbeiten. Der aufmerksame Leser wird festgestellt haben, wir befinden uns auf demselben Flur wie in II. tatsächlich sogar im selben Büro. Allerdings nicht am selben Tag. Nicht mal im selben Monat. Vermutlich auch nicht im selben Jahr.

Es fiel ein wenig Schnee, nicht so viel, dass es am Ende schön aussehen würde. Eher genug um die Straße mit einer dezenten Matschschicht zu überziehen und den durchschnittlichen Autofahrer im Ruhrgebiet an seine Belastungsgrenze zu bringen. Mit Schnee setzt man sich nicht so intensiv auseinander. Dieser war ungefähr so lästig wie ein Termin beim Arzt oder in der Arbeitsvermittlung.

Die Dame die diesen Termin bei mir hatte, verspätete sich minimal, so dass ich tatsächlich etwas Zeit hatte aus dem Fenster Menschen bei ihren verzweifelten Anfahrversuchen zu beobachten. Die Straße hinter unserer Agentur für Arbeit hatte eine ganz leichte Steigung, grundsätzlich nicht viel aber wohl genug um die Kandidaten mit schwerem Gasfuß an den Rand der Verzweiflung zu bringen.

Frau Meier war gebürtige Asiatin und hatte einen

deutschen Mann geheiratet. Das bisschen Schnee habe wohl zum Ausfall des öffentlichen Nahverkehres geführt, entschuldigte sie sich höflich wie sie war. Ja, das kennt man hier. Ein paar Schneeflocken und nichts geht mehr. Ein Umstand, der sich dort bis heute nicht geändert hat. Frau Meier erschien in Begleitung ihres Ehemanns. Ebenfalls ein sehr höflicher Mensch. Grundschullehrer sei er erzählte er mir, aber auch nicht mehr so lange. Beide freuten sich auf die verdiente Rente und auf die geplanten Reisen.

Sie seien nun seit über zehn Jahren verheiratet und Frau Meier habe auch immer in Deutschland gearbeitet. Das solle ich doch bitte wohlwollend berücksichtigen. Es gab keinen Grund irgendetwas wohlwollend zu berücksichtigen, darüber hinaus gibt es auch die Möglichkeit dazu gar nicht. Die Sachlage war ziemlich eindeutig. Der Betrieb schloss aus wirtschaftlichen Gründen und mit ihm brach der Arbeitsplatz unserer jungen Dame weg. Einen Vorwurf konnte man ihr da wahrlich nicht machen. Beruhigend erklärte ich, dass sie sich keine Sorgen machen müssten.

Es gäbe aktuell nichts, was darauf hindeutet, dass Arbeitslosengeld nicht gezahlt werden könne.

Frau Meier zählte zu den Menschen, die ihre gesamten Unterlagen in einer Plastiktüte mit zum Termin brachten. Dies führte dazu, dass für einige Papiere etwas gekramt werden musste. Dies passte auch nicht ganz in das Bild, der sonst auf alle Fragen perfekt vorbereiteten Antragstellerin. Offensichtlich hatte sie Probleme mit ihrer rechten Hand. Um den Vorgang etwas zu beschleunigen bot ich meine Hilfe an, diese lehnte sie dankend ab.

Beim genauen betrachten sah ich, dass an ihrer rechten Hand nur noch der Zeige- und Ringfinger, sowie der Daumen vorhanden war. Etwas verwundert stellte ich fest: Aufgefallen ist mir das erst jetzt und das Gespräch dauerte bereits gute zwanzig Minuten.

Menschen denen Finger fehlten sind wahrlich nicht so ein seltener Anblick wie man sich das vielleicht vorstellt. Nur meistens fehlen diese dann zusammenhängend. Von jugendlicher Neugierde gepackt fragte ich höflich nach ob ich erfahren dürfe was denn mit ihrer Hand passiert sei. Schob aber direkt hinterher, dass es mich ja auch eigentlich nichts angehe. Die Dame erklärte ruhig und sachlich:

„Ich habe in meiner Heimat Schuhe für [hier bitte einen
großen Premiumsportartikelhersteller einsetzen]
genäht – das sieht man doch wohl, oder?"

Gesehen habe ich das nicht, bereut habe ich die

Frage danach schon und nie wieder Schuhe dieser Marke gekauft.

27. Geisterbeschwörung

Dieses Kapitel muss ich mit einem Geständnis,
oder etwas Selbsterkenntnis beginnen.
Denn, offensichtlich ist mein Horizont stark einge-
schränkt. Oder ich bin für einige Dinge einfach zu
dumm, manch einer würde jetzt auch sagen: zu
intolerant. Es gibt immer wieder Situation in denen
ich mir selbst einrede:

„Das kann dieser Mensch unmöglich ernst meinen"

Leider stelle ich oft fest, sie meinen es ernst. Auch
in diesem Falle. Wir befinden uns in der klassischen
Arbeitsvermittlung, in einer Situation in der es mir
finanziell möglich ist ziemlich viel zu fördern, wenn
es denn irgendwie Sinn macht.
Die Fördermittel schwanken jährlich, mal sind wir
etwas flexibler und können auch Dinge möglich
machen, die vielleicht auf den ersten Blick etwas
riskant sind und mal sind wir so stark einge-
schränkt, dass wir kaum etwas realisieren können.
Jennifer war knapp über vierzig Jahre alt und hatte
eine bewegte Krankheitsgeschichte hinter sich gebracht. Auf sonderlich viel Zeit in Beschäftigungs-
verhältnissen kam sie nicht. Ende der neunziger

einmal im Verkauf gelernt und im Anschluss ein paar kurze Beschäftigungsverhältnisse in diversen Helferberufen, konnte sie aufweisen. Alles in allem nicht wirklich berauschend, aber auch nichts womit man nicht weiterarbeiten könnte. Der Arbeitsmarkt war günstig genug um auch diesen Menschen Möglichkeiten zu eröffnen.

Die gesundheitliche Situation, die wohl ursächlich für den bisherigen Werdegang war, hatte sich in den letzten Jahren zunehmend verbessert.

Eine Rückkehr in ein Arbeitsverhältnis erschien auf einmal realistisch. Auch unsere „Kundin" sah das so und hatte sich allerhand Gedanken über ihre Zukunft gemacht. Die Dame stellte also so etwas wie die Idealsituation dar. Jemand hatte sich Gedanken gemacht wie es weitergehen könnte, daraus Ideen gesammelt. Nun ging es darum diese Idee zu realisieren.

Jennifer bevorzugte einen Look in lebensbejahendem Schwarz. Dunkle Hose, dunkle Oberteile und natürlich auch schwarze Schuhe.

Die Haare ebenfalls dunkel gefärbt, hier und dort schimmerte allerdings bereits ein grauer Ansatz durch. Ein silberner Totenkopf an einer Kette brachte etwas „Farbe" in das Outfit.

Ein Look, der mir persönlich, sympathischer war als quietschbunte Kanarienvögel. Auch wenn dies natürlich während meiner Arbeit keine Rolle spielte und letztendlich nur den eigenen persönlichen Geschmack widerspiegelt.

Sie zählte nicht zu den redseligeren Kandidatinnen, war eher sehr zurückhaltend und beschränkte ihre Worte auf das notwendigste.

Dabei bot sie einen Unterton in der Stimme, der wenig Raum für Sympathie ließ. Es konnte der Eindruck entstehen, dass sie chronisch genervt sei. Irgendwie erfüllte sie schon gewisse Klischees die man mit diesem Erscheinungsbild in Verbindung bringt.

Grundsätzlich könne sie sich eine Fortbildung im Pflegebereich vorstellen und sieht dort auch realistische Chancen lange arbeiten zu können.

Eine Einschätzung der man durchaus folgen konnte. Der Arbeitsmarkt war auf Bewerberseite so gut wie leergefegt aber offene Stellen in großen Mengen vorhanden. Die nötigen Voraussetzungen für eine Ausbildung in diesem Bereich erfüllte sie. Ein Arbeitsverhältnis sollte also wirklich realisierbar sein.

So wurde als logische Konsequenz abgesprochen, dass sich unsere Jennifer eine entsprechende Fort-

bildung sucht und das Jobcenter am Ende die För-
derung prüft.

Eine direkte Zuweisung von Seiten des JobCenters
erfolgt nicht, die Person hat die freie Wahl wo und
ob sie eine solche Weiterbildung absolviert. Somit
bekam Jennifer einen Gutschein und eine Erklärung wie sie die entsprechenden Anbieter finden
kann. Auswahl gibt es in dieser Stadt genug.

Ein Folgetermin ein paar Wochen später wurde
vereinbart und so zog sie von dannen.

Etwa drei Wochen später:

Es war Freitag. Morgens um kurz vor neun. Das
drohende Wochenende hat einen beschwingt aus
dem Bett befördert und so wartete, ich im Büro,
auf Jennifer. Einen Tag vorher reichte sie einen
Krankenschein ein, so dass ich wenig Hoffnung
hatte, sie persönlich anzutreffen.

Aber zu meiner Überraschung tauchte sie wieder
auf. Erneut in fröhlichem schwarz. Alles andere
hätte mich auch schwer gewundert. Diesmal war sie
etwas redseliger. Auch der Tonfall war nicht ganz
so genervt. Nachdem sie mit ein paar Anbietern im
Pflegesektor gesprochen habe, kam sie zu dem
Entschluss, dass sich eine solche Beschäftigung am
Ende nicht mit ihrer Psyche vereinbaren lasse.

Na gut, kann man mit leben, ist bekanntlich auch kein wirklich einfaches Berufsfeld. Dann brauchen wir halt eine Alternative. Auch darüber hatte sie sich bereits Gedanken gemacht. Diese hatte es allerdings in sich.

Bei ihrer Recherche ist sie auf einen Anbieter gestoßen der von bösen Geistern besessene Seelen mit der Kraft von Heilsteinen befreit. Dies könnte sie dort auch erlernen.

Ähm, ok. Ein wenig fühlte man sich an Szenen aus einem Horrorfilm erinnert.

„Du willst also Exorzistin werden?" kroch als Gedanke, durch meinen – in diesem Falle – von Vorurteilen überrannten Geist. Offensichtlich funktionierte das Pokerface nicht. Mein Gesicht muss wohl leichte Skepsis ausgedrückt haben, denn sie versuchte sofort mir ihre Idee zu verkaufen. Die Ausbildung sei relativ günstig und da müsste doch was von Seiten des JobCenter gehen. Am Ende könnte sie sofort arbeiten, vielleicht auch in Selbstständigkeit. Einen persönlichen Vorteil hätte sie damit auch. Immerhin könne sie sich selbst damit auch heilen.

„Hat die gerade zu mir gesagt, sie sei besessen?" War der nächste Gedanke. Ich sah sie schon mit blutverschmiertem Gesicht und Händen vor mir.

Ok, offensichtlich habe ich auch zu viele schlechte Filme gesehen…

Der Arbeitsmarkt müsste doch auch passende Stellen hergeben, es gäbe viele Menschen die Probleme mit bösen Geistern haben.

Nun schien sie aber zu viele schlechte Filme gesehen zu haben…

Es war fast so als spielten wir Horrorfilmpingpong. Wie erklärt man einer Person, die von ihrer Berufswahl so überzeugt war, dass man den Berufswunsch, in dieser Form, nicht ermöglichen kann?

Vom Grundsatz her gilt: gefördert werden können nur Dinge welche zuvor zertifiziert wurden und vor allem auch nur Wünsche welche sich mit dem Arbeitsmarkt und der Person in Einklang bringen lassen. Bei allem Interesse daran auf die Wünsche der Menschen einzugehen darf man nicht mit Steuergeldern um sich werfen wie mit Konfetti. So etwas ist eher was für das Kanzleramt, wenn dort wieder neue Stühle bestellt werden.

Letztendlich ist es ihre Entscheidung ob sie auf die Heilkraft von Steinen vertraut und an böse Geister glaubt. Bekehrung zu einer etwas mehr faktenbasierten Weltsicht steht mir nicht zu. Was blieb war der Rückzug auf die Verwaltungsschiene.

„Der von Ihnen gewählte Lehrgang ist leider nicht zertifi-
ziert und ich finde leider auch keine passenden Stellenaus-
schreibung, wo Sie mit der Ausbildung im Anschluss arbei-
ten könnten (ich habe wirklich nachgesehen*!), somit*
kann ich dem Wunsch leider nicht entsprechen…"

Was blieb am Ende? Jennifer hat die Weiterbildung
privat finanziert und sich am Ende Selbstständig
gemacht.
Ob das gut läuft, lässt sich leider nicht sagen. Denn
sie beendete sofort den Leistungsbezug und damit
auch jeglichen Kontakt zum JobCenter.
Ich wünsche ihr, dass es gut läuft und sie ihren
Geist befreien konnte. Vielleicht kann sie mich ja
irgendwann einmal von meinen Zweifeln befreien.
Denn Geister sind mir bisher, weder gut - noch
schlecht, nicht begegnet. Außer in schlechten Fil-
men.

28. voll motiviert

Bleiben wir doch direkt in der Arbeitsvermittlung. Der Tag begann komisch, auf dem Weg zur Arbeit wechselte das Wetter im (gefühlten) Sekundentakt zwischen Sturm, Regen und Friede, Freude, Eierkuchen.

Wie das an Tagen, an denen man sich mit letzter Kraft aus dem Bett Richtung Arbeitsplatz schleppt, nun mal so ist, musste an diesem Tag auch noch vertreten werden. Eine Kollegin fiel der anhaltenden Grippewelle zum Opfer und blieb erst einmal zu Hause. Auch wenn ich kein sonderlich großes Problem damit habe zu vertreten, immerhin wird man anders herum ja auch vertreten, war es wie immer. Irgendwie kommt es am Ende immer unpassend. Egal. Das Hirn lief auf Sparflamme, aber ein wenig Energydrink am Morgen vertreibt Müdigkeit und Sorgen.

Herr Singh:

Wir überschreiten die zehn Uhr Marke. Die Mittagspause rückt langsam in Sichtweite und Herr Singh wartete auf ein Gespräch, bei der nicht anwesenden Kollegin.

Herr Singh, war etwa fünfzig Jahre alt. Ein paar Gramm zu viel auf den Hüften, nicht sonderlich groß gewachsen. Die Haarpracht schien, verglichen mit dem Foto im Ausweis, in den letzten Jahren stark nachgelassen zu haben.

Die Deutschkenntnisse waren gut ausgeprägt, einen leichten indischen Akzent konnte er nicht verbergen, macht aber nichts. Einem vernünftigen Gespräch stand nichts im Wege. Mit regelrecht überschäumender Motivation erzählte er mir, dass er sich stark für einen Fahrerjob interessierte und einen Aushang im JobCenter gesehen hätte, der ihn sofort neugierig gemacht hatte. Die Motivation war so überschwänglich, regelrecht erschlagend, dass man zunächst nicht zu Wort kam.

Ein neues Unternehmen in Hamburg war auf der Suche nach Fahrer für eine Art Elektrotaxiservice. Die entsprechenden Anforderungen erfüllte Herr Singh locker. Logische Konsequenz war, dass er sich auf diese Stelle stürzen musste.

Ein Kollege im Haus betreute diese Stelle recht intensiv und hatte direkten Kontakt zum Arbeitgeber.

Ein kurzer Anruf und der Kollege stand, bei mir, im Büro…

Die Motivation wich Herrn Singh zunehmend aus dem Gesicht, als er merkte, dass am Ende des Tages noch ein Vorstellungsgespräch- oder im schlimmsten Fall: ein Arbeitsvertrag - „drohen" könnte.

Der folgende Dialog war, zumindest neutral betrachtet, recht unterhaltsam:

Kollege: „*Sie interessieren sich also für diese Fahrtätigkeit?*"

Singh: „*Ja, aber meine Deutschkenntnisse sind nicht so gut.*"

Kollege: „*Ach, die reichen schon. Sie sprechen doch fließend deutsch. Wir können uns gerne kurzfristig mit dem Arbeitgeber zusammensetzen.*"

Singh: „*heute?*"

Kollege: „*Ja, direkt wenn Sie hier fertig sind.*"

Singh: „*Aber ich bin doch noch nie Elektroauto gefahren*"

Kollege: „*Dafür bekommen Sie vorher noch eine Schulung, keine Sorge, dass packen Sie schon. Außerdem ist das so leicht, dass könnte sogar ich.*"

Singh: „*Aber, eigentlich habe ich gar nicht so viel Fahrererfahrung.*"

Kollege: „*Die Fahrererfahrung kommt von alleine, sie werden ja intensiv eingearbeitet und auch die Ortskunde wird*

noch einmal trainiert. Abgesehen davon, sagt Ihnen schon
ein Navi wo es langgeht."

Singh: *„Aber…"*

Kollege: *„… kommen Sie einfach mal mit, wir führen mal*
ein Gespräch in aller Ruhe und dann werden Sie sehen, am
Ende spricht nichts gegen die Tätigkeit…"

Das letzte *„Aber…"* blieb Herrn Singh im Halse
stecken. Denn bevor er „aber" sagen konnte war er
schon auf dem Weg zu einem gemeinsamen Gespräch mit dem Kollegen und dem Arbeitgeber.
Die Qualifikation durchlief Herr Singh erfolgreich.
Einen Arbeitsvertrag erhielt er am Ende auch.
Ganz ohne „aber".
Ob er darüber glücklich war? Das ist nicht überlie-
fert.

Frau Kunze:

Direkt auf Herrn Singh, folgte eine Dame für die
ich originär auch zuständig war. Frau Kunze er-
schein gemeinsam mit ihrer Tochter. Dies war in-
sofern erwähnenswert, weil Frau Kunze seit knap-
pen drei Jahren niemand mehr im JobCenter gesehen hatte. Auf Grund ihrer Vorgeschichte gab es
zwischenzeitlich schon die Befürchtung das Frau
Kunze nicht mehr unter den lebenden weilen

könnte. Die Leistungen wurden auf Grund der ausbleibenden Mitarbeit im Laufe der Zeit eingestellt.

Frau Kunze war gute fünfzig Jahre alt. Optisch, ein gutes Stück älter. Die Anzahl der Zähne tendierte gegen Null, dennoch hatte sie ein ansteckendes Lächeln. In jungen Jahren studierte Frau Kunze und arbeitete viele Jahre in diversen Bürojobs. Erst als Assistentin der Geschäftsführung eines Stromanbieters, später Projektleitung in einer Bank und dann kam irgendwie ein Bruch in den Lebenslauf. Frau Kunze lebte, nach der Trennung von ihrem Ehemann in einer Wohngemeinschaft, in der der Konsum von nicht ganz so legalen Substanzen eher die Regel als die Ausnahme war.
Ihren Erzählungen zu Folge waren nahezu alle Klischees einer Drogenhöhle erfüllt. Neben Diebstählen untereinander zählte wohl auch Gewalt zur Tagesordnung. So wirklich sagen mit wie vielen Menschen sie dort zusammenlebte konnte sie auch nicht. Mal kamen neue dazu und einige verschwanden wieder. Nur einer blieb konstant. Ein entkommen aus dem Ganzen gab es für sie bis dato nicht. Sie versuchte es mit Ersatzdrogen (Substitution). Das Durchhaltvermögen reichte leider nicht aus.

So brach sie im Laufe der Jahre mehrmals das Substitutionsprogramm ab und konzentrierte sich auf das „Original". Dabei war sie recht flexibel und nahm alles was man ihr angeboten hatte oder was irgendwie zu bekommen war. Letztendlich war es ihr egal was es war, sie sagte im Gespräch: *„solange es geknallt hat, war es in Ordnung".*

Zwischenzeitlich führte sie das in eine Psychiatrie und dann im Anschluss doch wieder in die Fänge des, nun ehemaligen, Mitbewohners.

Als der, einzig konstante, Mitbewohner die letzten Habseligkeiten von Frau Kunze für frische Drogen verkaufte, nahm sie das zum Anlass aus der WG zu flüchten und kam erstmal bei ihrer, sehr engagierten, Tochter unter.

Diese erwähnte beiläufig, dass sie ebenfalls sehr überrascht war ihre Mutter wieder zu sehen.

Gab es doch über Jahre gar keinen Kontakt mehr. Die Leistungen von Seiten des JobCenter sind schon monatelang nicht mehr geflossen, demnach sind auch keine Krankenversicherungsbeiträge mehr gezahlt worden. Es war für uns einfach unmöglich Frau Kunze zu erreichen.

Nun war sie endlich da und erzählte, mit einer positiven Ausstrahlung die faszinierend war, von den Erlebnissen der letzten Jahre.

Sie wollte nur noch weg von Drogen. Allen zeigen, dass sie doch noch zu etwas gut sei. Ihre Aussagen waren geprägt von der Erkenntnis, dass sie genug Zeit und gute Kontakte vernichtet hatte. Eine vernünftige Einstellung.

Nur ohne Krankenversicherung würde sie ihren Ersatzstoff nicht bekommen und machte sich sorgen, ob sie es auch ohne Ersatzstoff schaffen würde, sauber zu bleiben.

Eine doofe Kombination. Die Leistungsangelegenheiten konnten relativ schnell geklärt werden, so dass man den Fokus langsam auf die Zukunft ausrichten konnte. Im Rahmen der Planungen gab das Töchterchen sehr deutlich den Ton an.

„Mama, in Zukunft gehst du da hin. Verstanden?! Wenn das Amt sich meldet, kümmere dich!"

Vielleicht genau das, was Frau Kunze in diesem Moment brauchte. Jemand der sie an die Hand nimmt und auch mal einen sanften Tritt in den Allerwertesten verteilt, wenn sie wieder aus der Spur driftet.

Auch Frau Kunze hatte das Stellenangebot entdeckt, welches Herr Singh bereits „mit Arbeit bedrohte". Auch hier ergab sich ein Dialog, der mich mindestens zum Schmunzeln brachte:

Mutter: „*Ich will das mit dem Fahren machen, dann kann ich gutes Geld verdienen.*"

Tochter: „*Aber Mami, die haben dir den Führerschein weggenommen.*"

Mutter: „*Ja, aber fahren kann ich doch trotzdem. Das habe ich nicht verlernt. Im Fernsehen haben die außerdem gesagt Elektroautos fahren von alleine.*"

Tochter: „*Niemand stellt dich als Fahrer ein ohne Führerschein. Außerdem bist du auf Drogen gefahren, den bekommst du nie wieder und wofür sollen die Fahrer suchen, wenn die Autos das von alleine machen?*"

Mutter: „*Aber so schwer kann das doch gar nicht sein…*"

Tochter: „*Mama NEIN! Du kümmerst dich erst um deine Gesundheit und dann finden wir was Anderes für dich. Du darfst nicht mehr Auto fahren. Hinterher fährst du noch jemanden tot, also lass das! Verstanden?!*"

Ich wünsche es Frau Kunze sehr, dass sie sauber bleibt und ihr Leben in den Griff bekommt. Zum Abschluss dieses Kapitels habe ich sie leider nicht mehr gesehen. Sie hat sich in Therapie begeben.

29. fünf Sterne Bewertung

Bei fast allen Situationen, die ich dienstlich erlebt habe und dann zu Papier bringe wünschte ich mir, ich hätte sie mir ausgedacht. Die folgende Situation ist an sich so behämmert, die hätte ich mir niemals ausdenken können. Ein junges Kerlchen meldete sich bei mir arbeitslos. Dieser Mensch verdiente sein Geld bei einem großen Unternehmen, welches im Bereich der (a)sozialen Medien unterwegs ist. Ich würde dort angestellten Personen eine gewisse Medienkompetenz unterstellen, vor allem wenn diese Person auch noch für die Verwaltung von Firmenauftritten auf diversen Plattformen verantwortlich ist. Unserm Experten (ja, es war ein Kerl) habe ich damit zu viel zugetraut. Er bekam eine fristlose Kündigung und konnte nicht ganz nachvollziehen warum. Begründung war nur „stark geschäftsschädigendes Verhalten". Das kann alles Mögliche sein. Zu weit gefasst und für weitere Rechtsfolgen (Sperrzeiten / Sanktion) nicht aussagekräftig genug. In diesem Falle wird ein Anhörungsverfahren eingeleitet. Das heißt Arbeitgeber und die betroffene Person selbst wird zu den Ursachen für die Kündigung angehört. Unser Socialmedia Experte antwortet recht wortkarg. Ihm war weiterhin nicht klar wie es dazu kam. Behauptete er zumindest. Das Unternehmen schickte aber ein regelrechtes Pamphlet mit Screenshots und allerhand weiterer Nachweise, die ziemlich detailliert belegten was der Herr so während seiner Arbeitszeit veranstaltete.

Der gute Mann hatte offensichtlich einen Hang zur käuflichen Liebe, pornografischen Erzeugnissen im Internet und sah sich in der Pflicht anderen Menschen von seinen Erfahrungen zu berichten. Und so schrieb er hunderte Bewertungen für Bordelle, Filme für Erwachsene, Einschlägige Internetseiten und zum Teil auch ziemlich detaillierte Erfahrungsberichte zu den von ihm in Anspruch genommenen Dienstleistungen beziehungsweise Dienstleisterinnen. An sich ja Privatvergnügen und kein Verhalten welches eine Kündigung rechtfertigt. Wenn dies dann allerdings vom Dienstrechner gemacht wird ist das schon dumm. Wenn einige Bewertungen auch noch über die offiziellen Accounts des Arbeitgebers gepostet werden, spätestens dann, wird's dämlich und naja… auch irgendwie gerechtfertigt.

30. CIA / NSA / Freimaurer

Über den folgenden Menschen könnte ich vermutlich eine eigene Romanreihe schreiben. Ich versuche mich kurz zu fassen:

Es soll so Tage geben, da weiß man morgens schon… Das wird nichts. In diesem Falle wusste ich es eigentlich schon einen Tag zuvor. Ein Herr, mit etwas „durchwachsenem" Lebenslauf, wurde mir im Rahmen eines Erstgespräches anvertraut. Bereits im Vorfelde fiel er mit merkwürdigen Aussagen bei den Kollegen der Agentur für Arbeit auf. So sehr, dass man dort grundsätzlich an der Arbeitsmarkttauglichkeit des Herren zweifelte. Ein Jahr Arbeitslosengeldbezug reichten nicht aus um den Herrn in Arbeit zu integrieren. Trotz durchaus umfangreicher Bemühungen.
Meistens gebe ich nichts auf die Einschätzungen meiner Kollegen und beginne mit jedem Menschen, so unvoreingenommen wie möglich. Also ganz von vorne. Das liegt nicht daran, dass ich anderen die Kompetenz abspreche Menschen, ein wenig, einschätzen zu können. Es dient eher dem Eigenschutz. Immerhin möchte ich mit den Menschen

die ich betreue noch etwas erreichen und da bringt es absolut nichts, negativ vorbelastet an die Nummer heran zu gehen. Leider zog sich dieser Eindruck bereits durch die Bemerkungen mehrerer Kollegen, so dass ich vermutlich zum selben Ergebnis kommen würde. Die Tatsache, dass bei uns, aus Datenschutzgründen, viele Vermerke nicht sonderlich viel Tiefgang haben können, hinterlässt natürlich zu Beginn einen sehr großen Interpretationsspielraum.

Lasst uns aber vorne beginnen. Nennen wir den Kerl Mirko. Mirko ist knappe fünfzig Jahre jung, hat in der Vergangenheit studiert, sein Studium abgeschlossen und eine Zeit lang in einem europäischen Parlament gearbeitet. Spätestens seit Martin Sonneborns Einzug (und seinen schockierenden Berichten aus Brüssel) in dieses besondere Etablissement, realitätsfernen Entscheidungen und ausufernder Korruption wissen wir: das muss das Haus sein das Verrückte macht (bekannt aus einem Film mit aufmüpfigen Galliern).

Es folgte ein Bruch im Lebenslauf, gefolgt von einer Selbstständigkeit und ein paar Beschäftigungen im Sicherheitsgewerbe. Nun fragt man sich wie es soweit kommen konnte, dass jemand dem eigentlich alle Türen offen standen so weit abrutscht, dass er im JobCenter landet (ok, das kann echt jedem passieren) und man dort noch davon ausgehen muss, dass es etwas länger dauert bis man ihn in Arbeit bekommt. Der zwischenzeitliche Versuch ihn im Sicherheitsbereich zur Fachkraft zu qualifizieren (auf eigenen Wunsch) scheiterte. Woran? Das kann niemand so wirklich sagen.

Die Aktenlage beschrieb auf jeden Fall einen Menschen, der offenkundig eine große Last oder ein schweres Schicksal mit sich herumtrug.

Als dann, mit dreißig Minuten Verspätung, der Herr bei mir im Büro auftauchte war ich etwas überrascht. Erschien Mirko doch in der Uniform des Sicherheitsdienstes der Deutschen Bahn (und einem Schal eines Hamburger Fußballzweitligisten – ehemals sehr lange in der ersten Liga beheimatet). Die Uniform würde er aber nur noch so tragen, ohne dass er dort beschäftigt sei. Sie würde ihm Sicherheit garantieren, denn eigentlich will ihn so gut wie jeder Mensch unter der Erde sehen. Na das fängt ja gut an. Menschen die sich verfolgt fühlen sind in unserem Beruf leider nicht so selten, von daher waren solche Aussagen nicht sonderlich ungewöhnlich. Der eigentlich „interessante", bis erschreckende, Teil folgte aber in der Begründung der Verfolgung.

Jahrelang war er in Geheimlogen tätig. Über diese habe er im Auftrag des Bundesnachrichtendienstes Waffen an Donald Trump (dieser komische Amerikaner, mit merkwürdiger Frisur, der dort mal Präsident war und zum Zeitpunkt der Veröffentlichung vermutlich wieder ist) geliefert um eine Invasion von Katholiken aus Lateinamerika zu stoppen. Wow… Der erste Schlag saß schon mal. Auf in die nächste Runde.

Merkwürdige Geschichten hörte man öfter in diesem Job, aber die war schon sehr besonders.

Aber auch das entpuppte sich nur als die Spitze des Eisberges. Denn er sei auf direktem Wege mit dem afghanischen Königshaus verwandt und mütterlicherseits aber Mitglied einer osteuropäischen, erzkatholischen, Adelsfamilie, was zu Spannungen führe. Die eine Seite wolle ihn in die katholische Gemeinde integrieren und die andere verlange einen islamischen Lebensstil und seine Partnerin ist eine einflussreiche Frau aus jüdischem Hause die ihn zum Mitglied einer Freimaurerloge gemacht habe. Er sei dort bereits zum Adler aufgestiegen. Was auch immer das ist? Stoppen ließ sich der Redefluss von Mirko kaum, auch der Rauch aus meinen Ohren, welcher die völlige Kapitulation meines Verstandes symbolisierte stoppte ihn nicht.

Es ging weiter…

Zuletzt musste Mirko nach Schottland flüchten. Er hatte von der Bundeswehr den Auftrag erhalten, den Brexit zu stoppen. Diese Mission nahm einen fatalen Lauf. Mit fünf Soldaten zogen sie los und nur zwei kamen zurück. Der Einsatz mit diesem er diese „Erlebnisse" schilderte war regelrecht beeindruckend. Als Romanautor wäre Potential vorhanden. Das große Manko jedoch war, dass Mirko jetzt von der reinen Statue nicht unbedingt einem Elitesoldaten entsprach. Auch das Maiskorn im langen, ungepflegten, Bart lenkte ab. Ganz nebenbei passten die Geschichten natürlich überhaupt nicht zu seinem Lebenslauf und der tatsächlichen Weltgeschichte. Denn mit England befand sich Deutschland schon einige Jahre nicht mehr im Kriegszustand. Egal wie oft irgendwelche Aluköppe das noch herunter predigten. Eigentlich würde er gerne wieder für die Bundeswehr arbeiten, aber seine persönliche Freundin Ursula v.d. Leyen wurde dummerweise aus dem Verteidigungsministerium nach Brüssel entfernt. Und dort ist es nicht sicher. Fast alle arabischen Geheimdienste operierten dort und würden ihn umbringen wollen. Schließlich hatte er sein Afghanisches Erbe verraten. Fällt das nicht eigentlich auch alles unter die Geheimhaltung? Man wusste es nicht. An sich war ja das afghanische Königshaus so geheim, das man darüber nirgendwo etwas fand. Auch von seiner Frau erwähnte er danach nie wieder auch nur ein Wort. Ob ich Mirko wirklich helfen kann? Zum Zeitpunkt des Schreibens bezweifle ich das sehr stark. Mirko benötigt dringend Hilfe, ob ich jemals so weit zu ihm durchdringe, dass er diese annimmt? Diese Frage wird wohl am Ende nur die Zeit beantworten können, in den ersten Gesprächen war er dafür nicht empfänglich.

Nachtrag:
Leider trat Mirko mit zunehmender Zeit immer aggressiver auf und sprach sehr konkrete Drohungen, unter anderem drohte er mit Schusswaffengebrauch, sodass eine weitere Zusammenarbeit nicht mehr möglich war.

Nach einigen Monaten Pause beschäftigte uns der Fall Mirko wieder. Diesmal waren andere Kolleginnen und Kollegen involviert, aber auf Grund der langen Zusammenarbeit mit diesem sehr besonderen Menschen sprach man das weitere Vorgehen öfter untereinander ab. Die Situation in der er sich befand hatte sich weiter verschärft. Es drohte

Wohnungsverlust. In einer Stadt mit absolut leergefegtem Wohnungsmarkt durchaus eine fatale Situation. Mirko lebte noch (oder wieder) mit seiner Mutter zusammen. Diese drohte ihm aber immer wieder damit die Wohnung zu kündigen. Auf Grund der besonderen Situation in Hamburg ist das ziemlich gleichbedeutend mit Obdachlosigkeit. Hier ist der Wohnungsmarkt, ähnlich wie in Berlin, München, Düsseldorf, Köln, völlig überlaufen und zu normalen Preisen so gut wie nichts zu bekommen.

Dies führte dazu, dass Mirko sich durch diesen Umstand so sehr bedroht fühlte, dass er offen Aussprach sich in Notwehr, mit einem Maschinengewehr, auf Wohnungssuche zu begeben. Dies ist, glücklicherweise, noch nicht passiert. Die Wohnung hat er auch noch nicht verloren, dafür hat seine Mutter allerdings angefangen ihn rassistisch zu beleidigen, seine Post zu klauen und ihn anzugreifen. Wie man von der eigenen Mutter rassistisch diskriminiert werden kann entzieht sich derzeit meiner Expertise.

Für ihn sei die Gesamtsituation auf jeden Fall so fatal und brenzlig, dass er die Presse und Herrn Westerwelle (der bereits zu diesem Zeitpunkt lange Zeit nicht mehr lebte) eingeschaltet habe. Zwischenzeitlich stand ein Umzug nach Flensburg im Raume. Dieser zerschlug sich leider, da dort zu viele dänische Geheimagenten unterwegs seien und er dort unmöglich sicher leben können. Warum die Dänen ihn bedrohen fällt vermutlich noch unter die Geheimhaltung. Denn diese Geschichte hat er bisher nicht erzählt.

Monate später entwickelte sich die Situation erneut weiter. Um seine Lage auf dem Arbeitsmarkt zu verbessern strebte Mirko eine Ausbildung im kaufmännischen Bereich an. Es ist sehr schwer einzuschätzen ob sein aktueller Gesundheitszustand dies möglich machte, aber wir geben jedem Menschen eine Chance und so wurde vereinbart, dass er zu einer Eignungsfeststellung geht. Kommt die positive Rückmeldung könne er die Ausbildung machen. Die entsprechenden Unterlagen wurden ihm zugesandt. Kurz darauf meldete er sich wieder und teilte mit, dass seine Mutter diese gewaltsam an sich gerissen habe und er neue benötige. Kein Problem, ein neues Exemplar wurde ihm zugesandt. Die Eignungsfeststellung nimmt nicht viel Zeit in Anspruch und so realisierte Mirko, dass es sich dabei nicht um die Ausbildung handelte, sondern wie besprochen, um eine Vorstufe.

Nun schrieb er voller Wut eine E-Mail, dass ihm das – von feindlichen Agenten durchsetzte – Jobcenter jegliche Unterstützung verweigern würde und er dringend Hilfe brauchen würde. Von der Bundeswehr, der US Army…

Die Email ging an: den Bundespräsidenten, an die Verteidigungsministerin, den Außenminister, den US Präsidenten, die US Botschafterin und den US Verteidigungsminister. Ob er dort die nötige Unterstützung erhielt war zum Schreiben dieser Zeilen unklar.

31. wenn Unverschämtheit eine Grube wäre…

… dann wäre diese manchmal ziemlich tief. Ich muss zugeben, die Überschrift wirkt wirklich ziemlich daneben. Aber ich mochte das Bildnis. Wir befinden uns im Jahr 2021. Eine von mir betreute Dame befindet sich seit nun mehr vier Jahren auf Jobsuche. Als Erzieherin. Ein Berufsfeld in dem es bedeutend mehr freie Stellen als Bewerber gibt. Kurz: ein Job in dem man, zumindest in Hamburg, nicht lange Arbeitslos ist. Die Dame, nennen wir sie Uschi, vollbrachte aber dieses Wunder. Zunächst vermutete ich gesundheitliche Gründe. Schnell ließ sich jedoch ein Muster erkennen. Die ersten Fahrkostenanträge zu Vorstellungsgesprächen trudelten ein und es waren immer Arbeitsplätze in unmittelbarer Strandnähe. Entgegen aller Gerüchte ist Hamburg nicht am Meer. Nicht mal in direkter Nähe. Über ne Stunde braucht man schon zu den neuen Arbeitsplätzen. Aber gut, wenn Uschi das will… Zugesandte Vermittlungsvorschläge aus Hamburg verliefen immer im Sande, aber nicht am Strand. Sie konnte sich nie durchsetzen. Vermutlich wollte sie dies auch nie.

So kam es dann nach langer Zeit der Bewerbungen und etlichen Kilometern zu Vorstellungsgesprächen, endlich zu einer Arbeitsaufnahme.

Angekündigt war die schon monatelang. Beantragte sie doch ständig die Finanzierung eines Autos. Umziehen wollte sie ja nicht. Grundsätzlich, unter sehr strengen Vorgaben, möglich. Also Antrag zugeschickt und nie zurückbekommen. Stattdessen immer wieder Kostenvoranschläge über Fahrzeuge die deutlich zu teuer sind. Mehr als 2000 Euro sind nicht drin. Ein gutes fahrbares und sicheres Gefährt bekommt man auch in dem Preisrahmen. Stattdessen häuften sich Neuwagenangebote. Was ich nie erhielt? Einen Arbeitsvertrag. Dementsprechend wurde dem Antrag auch nicht entsprochen. Nachdem sich Uschi lange Zeit jeglichem Kontaktversuch verwehrt hat kam ein ganzer Haufen Post. Was war drin?

Die Rechnung einer Ferienwohnung für die ersten Monate der Probezeit. Diese wurde nicht verlängert, so dass Uschi nun von Hamburg aus pendeln muss. Logische Konsequenz? Richtig! Uschi kauft sich ein Auto. Die Rechnung fügte Sie mit dem netten Hinweis „bitte um Übernahme" direkt bei. Hat sie aus der Vergangenheit gelernt? Eher weniger… Zum einen sind Anträge im Voraus zu stellen. Eine rückwirkende Begleichung von Rechnungen ist nicht möglich. Dann hat sie sich irgendwie etwas mit dem Kaufpreis vertan. Die Rechnung war für nagelneues SUV eines Autokonzernes in Wolfsburg. Kaufpreis? 49.000 Euro. Muss man schon haben, wenn man sicher zu seinem Arbeitsplatz gelangen möchte.

Weil der Steuerzahler damit aber noch nicht genug gelitten hätte lag auch noch eine Rechnung für neue Bekleidung dabei. Wer in einem Kindergarten arbeitet muss auch nach was aussehen… 1680 Euro für Markenbekleidung.

Wenige Tage nach Eingang dieser Unterlagen war die Kündigung durch den Arbeitgeber in der Post. Ausgestellt und unterschrieben: zwei Wochen vor Kaufvertragsunterzeichnung im Autohaus. Kann man ja mal versuchen. Natürlich erfolglos.

32. Fassungslos

Es gibt, zugegeben, nicht mehr so viele Situationen
die mich fassungslos machen. In vierzehn Jahren
Jobcenter erlebt man dann doch einiges. Leider hat
es im Jahre 2021 eine Situation ergeben die genau
diese Fassungslosigkeit ausgelöst hat. Ursächlich
dafür waren diesmal nicht unrealistische Vorgaben
aus der Politik, dreistes Verhalten der Kundschaft,
sondern die gesamte Fallkonstellation.
Stellt ein Kunde einen Antrag auf Arbeitslosengeld
II, so habe ich diese Person in kürzester Zeit an
meinen Schreibtisch zu bestellen und ein Erstgespräch zu führen. Routinekram. Um wen handelt es
sich? Was hat diese Person vorher getan? Was muss
getan werden, damit diese Person wieder in den
Arbeitsmarkt einmündet? Darum ging es. Für mich
begann dieser Fall sinnbildlich auf einem leeren
Blatt Papier. Ich wusste lediglich das Alter, den
Namen, Geschlecht und Adresse. Das wars. Nichts
über die Hintergründe. Als ich die Person aufrief
kamen drei Personen in mein Büro. Ein junger
Mann, eine Person im Rollstuhl und eine Dame
mittleren Alters. Die Dame stellte sich als Rechts-
anwältin und gesetzliche Betreuung vor. Der jünge-
re Mann war der Sohn des Herrn im Rollstuhl, der

nun mein Kunde werden sollte. Damit waren wir am ersten Punkt der etwas merkwürdig war. Die Betreuung schwerbehinderter Menschen war, aus gutem Grund, an einem anderen Standort angesiedelt. Aber nun gut. Hören wir uns den kompletten Vorgang einmal an. Die Dame übernahm stellvertretend das Gespräch. Nicht wirklich ungewöhnlich, denn es gibt viele Menschen, die auch nach X Jahren Aufenthalt in Deutschland kein Wort Deutsch sprachen. Das ist ärgerlich aber leider nicht selten. Im Laufe des Gespräches stellte sich aber leider heraus, dass dies nicht die Ursache für seine Schweigsamkeit war. Der Herr, kurz vor der Rente, hat etliche Jahre selbstständig auf dem Bau gearbeitet, vor vielen Jahren hatte er dabei einen schweren Unfall. Dieser führte dazu, dass er gelähmt im Rollstuhl gelandet ist. Dies ist an sich schon tragisch genug, leider kamen dazu noch schwerste neurologische Schäden. Er konnte nicht mehr sprechen und Dinge die um ihn herum passierten bekam er auch kaum noch mit. Durch diesen Umstand wurde ihm vom Gericht eine Betreuerin gestellt, die sich um seine Angelegenheiten kümmern sollte. Dies tat sie leider überhaupt nicht. So kam es dazu, dass der arme Kerl fast sieben Jahre keinen Cent von irgendwoher erhielt und durch seine Kinder versorgt wurde. Er nicht krankenversichert war und auch sonstige Angelegenheiten einfach im Sande verliefen. Das ist dann der Punkt der mich wirklich wütend und fassungslos gemacht hat. Es wird jemand dafür bezahlt sich um einen hilflosen Menschen zu kümmern und es passiert nichts. Absolut gar nichts. Wäre die Familie nicht gewesen, wäre der Herr vermutlich in seiner eigenen Wohnung verhungert und niemand hätte es mitbekommen.

Die neue Betreuerin ist nun dabei die Sachen aufzuarbeiten und ihr ist auch bewusst, dass dieser arme Mensch bei uns gar nicht zu suchen hat. Da es aber keine aktuellen ärztlichen Befunde gibt, er war ja seit X Jahren nicht mehr Arzt, erfolgte natürlich auch keine Prüfung der grundsätzlichen Erwerbsfähigkeit (DIE Voraussetzung für den Bezug von Arbeitslosengeld II). Nun war es aber so wie es ist und es galt pragmatisch mit der Situation umzugehen. Wut über das völlige Versagen der gesetzlichen Betreuung herunterschlucken und das Beste daraus machen. Da nicht nachgewiesen ist, dass er wirklich nicht arbeiten kann hat er zunächst Anspruch. Das ist wichtig. So kann er wieder in der Krankenkasse angemeldet werden. Wenn die Krankenversicherung geklärt ist kann man auch den

Rest angehen und vielleicht erreichen, dass er am Ende auch die Pflege erhält die notwendig ist, um auch am Ende die Familie ein wenig zu entlasten. Auch entsprechende Renten bzw. Entschädigungen für den Arbeitsunfall sind noch zu klären, aber das fiel nicht in meinen Aufgabenbereich.

Sollten diese Zeilen zufällig in die Hände der ehemaligen Betreuerin fallen: Ich hoffe Sie schämen sich dafür, dass Sie einen Menschen dermaßen im Stich gelassen haben.

Fassungslos II:
Es müssen nicht immer solche Situationen sein die einen sprachlos zurücklassen. Manchmal ist es auch einfach vorgelebte Unverschämtheit. Das nicht alle Menschen sonderlich hohen Einsatz dabei zeigen, den Bezug von Sozialleistungen zu beenden, ist kein wirkliches Geheimnis. Einige finden es bequem, andere wiederrum brauchen einfach nur eine Krankenversicherung. Unser jetziges Beispiel auch. Vermutlich wird hier massive Schwarzarbeit oder schlimmeres betrieben. Auf jeden Fall kommt der nette Herr in mein Büro und macht sich erst einmal breit, als wenn er sich zu Hause auf der Couch lümmelt. Teuerste Kleidung, das neueste iPhone

auf den Tisch geknallt. Teure Uhr am Handgelenk und den Schlüssel eines absurd teuren Sportwagens demonstrativ auf den Tisch gelegt.

Über Arbeit wollte der Herr nicht wirklich reden. Er war einfach nur da, weil sonst sein Antrag nicht weiter bewilligt worden wäre. Da in meinem Büro diverse Bilder von Sportwagen hängen, teilweise auch aus eigener Motorsporterfahrung, versuchte er schnell den Fokus darauf zu legen.

Angesprochen darauf ob ich auch einen 911er fahren würde, antwortete ich ehrlich, dass man sich das mit dem Gehalt eines Staatsbediensteten nicht leisten könne. Was ich als Antwort erhielt war zunächst ein mitleidiger Blick, gefolgt von einem herablassenden Grinsen und die Worte: *„so teuer sind die doch gar nicht, ich bin heute auch mit einem hier..."*

Dann stand er auf, ging Richtung Tür und sagte noch:

„Du siehst ja, ehrliche Arbeit... damit wirste heute nicht reich..."

Mein erster Gedanke war nur „was ein Arschloch...".

Aber hier bleibt man Fassungslos und noch viel schlimmer: Tatenlos zurück. Denn nachweisen kann man in der Regel nichts. Die Fahrzeuge sind meistens auf irgendwen anders, Firmen oder sonst was zugelassen. Auch das ist leider bitterer Teil dieses Jobs. Mit der Einführung des Bürgergeldes wird dies mit Sicherheit nicht besser, denn teure Autos sind auf einmal kein Vermögen mehr.

33. Fanpost IV

Der folgende Text ist echt, einfach herauskopiert und weder gekürzt noch angepasst. Es sucht ein Hamburger Unternehmen, spezialisiert auf US Fahrzeuge vergangener Epochen ein neues Teammitglied... Viel Spaß!
An das Unternehmen: Danke für diesen geilen Text!

„Total langweiliges und selbst überschätzendes Möchte-Gern-Unternehmen mit inkompetenten und planlosen Chefs sucht für seine anspruchslosen Projekte eine/n Kfz-Karosseriebauer (m/w/d)

Du hast kein Problem damit, während der Arbeit beleidigt und drangsaliert zu werden. Du kannst 5 Tage die Woche für mehrere Stunden stupide Aufgaben erledigen, die sich oft wiederholen. Kommst, übers Jahr verteilt, 30 Tage ohne uns klar. Kannst die Uhr lesen, musst nicht alle 5 Minuten dein Handy checken, bist in der Lage, dich selbst zu versorgen, und berechtigt ein PKW zu fahren.
Du beherrschst die Grundrechenarten und kannst dich in deutscher Sprache verständigen.

Work Life Balance kennen wir nicht. Obst kommt uns nur in flüssiger Form mit Prozenten auf den Tisch. Sauber sind nicht mal unsere Kaffeetassen. Beeindrucken können wir nur mit alten Karren. Nicht nur die haben eine Schraube locker. Laute Musik (vorzugsweise Rock 'n 'Roll und Metal) gehört bei uns, wie die Pomade im Haar, dazu.

Wenn du nicht nur Singen und Klatschen in der Schule hattest und gewillt bist, mit viel Engagement für minimale Entlohnung zu schuften, dann schick uns deine Bewerbung per Mail oder WhatsApp.

Auf übertriebene Anschreiben verzichten wir gerne."

34. ein paar Worte zur Integrationsquote

Im Jahr 2023 geisterte auf einmal die „Integrations-
quote" durch die Welt. Diese sollte zeigen, dass die
Arbeit der Vermittlung bei der Agentur für Arbeit
und in den Jobcentern absolut beschissen ist und
läuft. Knapp 5% der Menschen, die Arbeit aufnehmen, wurden durch diese Behörden vermittelt.
Das liest sich erst einmal dramatisch schlecht. Es
ignoriert aber eines völlig. Zum Teil sitzen wir ewig
lange daran die Menschen so weit zu „bearbeiten",
dass sie überhaupt in der Lage sind Arbeit aufzunehmen. Das beinhaltet Sprachförderung, Weiter-
bildungen, das Erlangen eines Berufsabschlusses
oder manchmal das wegräumen von privaten Hin-
dernissen. Seien es Schulden, fehlender Wohnraum
oder Unterstützung bei der Überwindung einer
Sucht. Das sind alles Tätigkeiten ohne die eine Arbeitsaufnahme in den meisten Fällen niemals zu
Stande gekommen wären. Diese werden aber in der
Statistik nicht abgedeckt. Es wird nur geprüft „kam
das Stellenangebot von der Agentur für Arbeit oder
nicht". Selbst wenn ich einem Menschen sage:
„Geh mal zur Firma XY und bewirb dich da."
Zählt es am Ende nicht, weil über unser Computer-
system kein Vermittlungsvorschlag erstellt wurde.

Daher richte ich einmal Grüße an all die Menschen von der Presse, die das hier lesen:
Spart euch die stumpfe Hetze auf Grund einer schlechten Statistik und seht das an Arbeit was wirklich hinter all den Einzelfällen steckt!

35. Zeichen von Respekt

Irgendwann zwischen Weihnachten und Neujahr ereignete sich diese Situation. Auf dem Plan stand eine Dame, die sich in den letzten Jahren sehr schwer damit tat die deutsche Sprache zu erlernen. Zuletzt von einem Sprachkursträger, auf Grund fehlender Mitarbeit, vor die Tür gesetzt wurde. Solche Gespräche sind in der Regel recht anstrengend, da eine direkte Verständigung kaum möglich und kräftezehrend ist. In diesem Falle wurde sie allerdings noch anderweitig erschwert.

Die Dame betrat mein Büro sagte „andere Schule", setzte sich ihre Kopfhörer auf und hörte laute Musik.

Nachdem ich ihr mit Handzeichen deutlich gemacht habe, dass ich gerne mit ihr sprechen wollte, kam ich immerhin soweit zu fragen ob sie schon einmal einen Deutsch B1 Kurs besucht hatte. Es folgte ein knappes „Nein". Und wieder waren die Kopfhörer auf den Ohren. Diesmal wurde die Musik noch lauter gemacht. Das ist sicherlich eine absolute Ausnahme, aber ein bisher noch nie erlebtes Vorleben von Respektlosigkeit.

Ein paar Worte zum Abschluss

Herzlichen Glückwunsch, wenn Sie es bis hierher-
geschafft haben, dann sind Sie gleich fertig und
können dieses Machwerk deutscher Literaturkunst
zur Seite legen und Ihren Freunden empfehlen.
Nein sagen wir eher, Sie haben es gleich überstan-
den und haben echtes Durchhaltevermögen bewiesen.

Zum Abschluss möchte ich noch einmal aufzeigen
warum ich so gerne für diesen Arbeitgeber arbeite.
Allein die Tatsache, dass zum Zeitpunkt des Ver-
fassens elf Dienstjahre abgebildet sind deutet darauf hin, dass nicht immer alles anstrengend und
gewalttätig oder ausfallend ist, denn sonst wäre hier
ein Wälzer epischen Ausmaßes entstanden.
Man hat sehr häufig mit dankbaren und netten
Menschen zu tun.
Die Menschen, ob vor oder hinter dem Schreibtisch, die ich in diesem Beruf kennenlernen durfte
sind alle besonders und auch irgendwie prägend
gewesen.
Es ist erfüllend einem Menschen dabei zu helfen
das eigene Leben teilweise wieder zu ordnen, Baustellen privater, finanzieller oder sonstiger Natur

abzubauen um sie wieder an den Arbeitsmarkt zu
führen, ja es macht Spaß eine Perspektive, in einigen Fällen gar eine Vision zu erarbeiten und am
Ende zu verwirklichen.

Eine Bitte habe ich jedoch an dieser Stelle und die
richtet sich an alle die das lesen:
Geht respektvoller mit uns und den von uns betreuten Menschen um. Aktuell wird sehr viel über
Arbeitslosengeld II Empfänger gesprochen. Wenn
mit ihnen gesprochen wird, dann nur mit Extrem-
beispielen. Es gibt genug Menschen die versuchen
in Arbeit zu kommen und sich so vom JobCenter
loszureißen. Auf der anderen Seite stehen eine
Menge motivierter Menschen, die bei der Verwirk-
lichung dieses Weges helfen.
In diesem Job erfährt man wenig Anerkennung und
darum geht es uns auch nicht.
Dennoch erleben Kolleginnen und Kollegen in den
JobCentern in unschöner Regelmäßigkeit Bedrohungen, Beleidigungen, teilweise sogar körperliche
Angriffe.
Oftmals sind wir der erste Prellbock, wenn alles aus
dem Ruder läuft, die erste Anlaufstelle, wenn man
keinen weiteren Ausweg sieht.
Es ist zum Teil stark belastend, wenn man Krank-

heitsgeschichten, familiäre oder sonstige Tragödien von Menschen, die diese direkt betreffen, erzählt bekommt. Es ist nicht einfach mit den zum Teil stark belastenden Lebensumständen einzelner Menschen umzugehen. Um dies zum Teil zu verarbeiten schreibe ich zum Beispiel.

Sie können sich vorstellen, auch wenn wir Mitarbeiter manchmal einen distanzierten und kühlen Eindruck machen, durchaus auch unsere Probleme damit haben einfach daneben zu sitzen und sich anzuhören wie Kinder bedroht werden, man von Arbeitgebern betrogen wurde, von Familienangehörigen ausgeraubt, verletzt, angegriffen wurde, die Drogensucht außer Kontrolle gerät und so weiter. Zum Teil dient diese Distanzierung auch nur dem Eigenschutz. Denn wir sind nicht nur der Mensch mit dem Stellenangebot, wir sind auch Seelsorger, manchmal Schnittstelle zwischen diversen Hilfsangeboten.

Der Umgang ist nicht immer von gegenseitigem Respekt geprägt. Wir agieren täglich mit Menschen die sich am Existenzminimum bewegen. Bei denen auch nur ein Fehltritt zu einem unermesslichen Absturz führen kann und daher stark emotional, zum Teil auch aus purer Verzweiflung stark aggressiv reagieren.

Sollte man nicht eigentlich erwarten können, dass man im Gegenzug zumindest respektvollen Umgang aus der Gesellschaft und vor allem aus der Politik erwarten darf?

Diesen vermisse ich stark. All das ist unser tägliches Brot.

Die Menschen die zu uns kommen wollen nicht immer nur ihre finanzielle Unterstützung abholen, zum Teil brauchen sie sehr tiefgreifende Hilfen um ihr Leben überhaupt wieder in geordnete Bahnen lenken zu können und dafür verdient jeder, der in diesen Einrichtungen dazu beiträgt, dass diesen Menschen mindestens ein Teil ihrer Sorgen genommen wird, zumindest ein bisschen Respekt.

Bonus: Keine Autos verkauft

Im Musikgeschäft nervt mich nichts weiter als „hidden Tracks" auf den CDs. Entweder hat eine CD 16, 17 oder 18 Lieder. Dann schreibt es doch auch drauf! „Bonustitel" braucht doch kein Mensch. Da mich dieser Umstand so unfassbar nervt, dürft ihr da jetzt auch mal durch. Diesmal nicht zum Hören, sondern zum Lesen!

Manchmal sind es Zufälle die einem im Leben, oder in dienstlichen Belangen weiterbringen. Wir befinden uns wieder in der Leistungsabteilung eines JobCenters.
Neben einer neuen Teamleitung bekamen wir auch mehrere neue Kollegen, die aus anderen Bereichen des städtischen Trägers in das JobCenter versetzt wurden. Der Personalstamm setzt sich unter anderem aus Mitarbeitern der Agentur für Arbeit und der jeweiligen Stadt / Landkreis zusammen.
Seit Monaten witterte ich schon in einem Fall Betrug. Unser Herr, nennen wir ihn Ali, war selbstständiger Autohändler. Er bot Neu- und Gebrauchtwagen an. Die Homepage war überschaubar und das vorhandene Fahrzeugangebot im ersten Moment wenig einladend. Er betrieb auch laut seiner Internetseite nur einen dieser Schotterplätze,

wo Autos in fragwürdigem Zustand mit höchst zweifelhaftem Kilometerstand angeboten wurden. Unser Ali neigte dazu seine Unterlagen regelmäßig persönlich einzureichen. Vorgesehen war das grundsätzlich nicht, aber besser so, als sie am Ende gar nicht zu bekommen. Er fiel mir bereits im ersten Gespräch auf, wie kann jemand der seit Jahren durchgehend Leistungen erhält nur mit Markenkleidung eingekleidet sein? Na gut, könnte ja etwas Nachgemachtes sein. Auch die Uhr sah auch nicht gerade günstig aus. Beim nächsten Gespräch wieder dasselbe Bild. Auch stieg er nach den Gesprächen, ich hatte aus dem Büro einen Blick auf den Parkplatz vor dem Haus, immer wieder in sehr hochpreisige Fahrzeuge. Eine Nachfrage beim zuständigen Amt ergab jedoch, dass diese nicht auf ihn zugelassen waren.

Sie gehörtem seinen Bruder und der bezog keine Leistungen. Das erschien mir zunächst plausibel, dennoch beschlich mich ständig das Gefühl, dass hier etwas nicht stimmen würde.

Seine Gewinn- und Verlustrechnungen sahen sehr bescheiden aus. Es reichte gerade um die Kosten für den Schotterplatz zu decken. Entweder kaufte er zu teuer ein oder verkaufte zu billig. Vielleicht war er auch einfach der schlechtere Geschäftsmann in dieser ziemlich aktiven Familie. Aber mit den paar Euro, die am Ende des Monats hängen blieben, wären auf keinen Fall die Markenklamotten und teuren Uhren finanzierbar.

So vergingen die Monate und ich kam nicht an den Herrn heran.

Dann schlug König Zufall zu. Einer unserer neuen Kollegen hat vorher in der Beschaffung der Kommune gearbeitet und unter anderem Fahrzeuge für den Außendienst der Stadt beschafft.

Ali erkannte er auf dem Gang wieder und fragte was der denn bei uns zu suchen hätte. Den Fall schilderte ich ihm.

Da bei uns die Sachgebiete, in naher Zukunft, neu verteilt werden sollten und unser Gladbacher sowieso die Leistungsangelegenheiten von Ali bearbeiten müsste, zeigte ich ihm die Akte.

Der neue Kollege durchforstete die Gewinn- und Verlustrechnungen und blickte schlagartig ziemlich wütend in mein Gesicht.

„In dem Monat haben wir fünfzehn Neuwagen dort bestellt. Angeblich hat er nichts verkauft."

Ein Besuch des Zolls ein paar Wochen später verschaffte uns endgültig Gewissheit. Ali verfügte über ein ganzes Lager an neuen Fahrzeugen, die er über eine zweite, bei uns nicht angegebene Firma vertrieb. Das Bürogebäude in dem die Verträge für Neufahrzeuge abgewickelt wurden, war als Geschäftsadresse für die Sanitärfirma seines Bruders angemeldet.

Das Geschäft lief gut, so kamen nach und nach Informationen von anderen Behörden. Der offizielle Jahresgewinn lag im mittleren sechsstelligen Bereich. Für das Finanzamt verkaufte er nur Neuwagen und lies dort seine Gebrauchtwagen nicht über die Bücher laufen. Die Fahrzeuge auf den Schotterplätzen waren nur Fahrzeuge, die er im Rahmen des Neuwagengeschäftes in Zahlung genommen hat. So kamen dann auch die etwas zu teuren Ankaufspreise zu Stande. Schlussendlich damit auch die viel zu geringe Gewinnspanne am Verkauf eines Fahrzeuges.

Am Ende wurde Ali zu mehreren Jahren Haft verurteilt, bei der Durchsuchung des Geländes fand der Zoll neben neuen und gebrauchten Fahrzeugen wohl auch noch eine nicht unerhebliche Menge Rauschgift.

Aufgefallen wäre das wahrscheinlich nie, wenn nicht unser neuer Kollege ihn wiedererkannt hätte. Darüber hinaus, wäre mir persönlich Ali nicht aufgefallen, wenn er nicht seinen guten Verdienst so offen zur Schau gestellt hätte. Wenigstens im Job-Center hätte er sich etwas bescheidener einkleiden können. Vielleicht war das aber auch nur Provoka-

tion und er wollte wissen wie weit er gehen kann.
Für Ali hatte die Verurteilung noch weitere Konsequenzen, so führte diese am Ende dazu, dass sein Aufenthaltstitel nicht verlängert wurde und er in sein Heimatland zurückkehren musste.
Hier wären ehrliche Geschäfte, dann vielleicht doch die intelligentere Lösung gewesen.

Bonus II – Der mit der Lederjacke...

Erneute Rückblende in die Ausbildung. Wir befinden uns wieder im verregneten Herbst. Um genau zu sein ein paar Wochen vor IX. Im Rahmen der Ausbildung musste man nahezu alle Bereiche der Agentur für Arbeit kennenlernen. So gehörte auch der Empfang dazu. Ein Bereich der mir ähnlich wie das Hauseigene Service Center (für viele ähnlich einem Callcenter) eher weniger Freude bereitete. Die Arbeitsbelastung war in diesen Zeiten extrem hoch. Lange Schlangen am Empfang im Eingangsbereich waren eher selten. Zu normalen Zeiten waren fünf oder sechs Menschen die vor einem warteten schon viel. In diesem Zeitraum jedoch waren Schlangen bis vor die Tür nichts Ungewöhnliches mehr. Die meisten der Wartenden waren dennoch sehr geduldig mit uns, sahen sie doch was los war.

Einigen fehlte jedoch diese Reflexion. Auffällig oft dann, wenn die Schlange so lang war, dass man mehrere Minuten im Regen stand. Pro Kopf hatten wir ungefähr 30 Sekunden Zeit. In dieser Zeit sollte geklärt sein wer die Person vor einem ist (inklusive Ausweiskontrolle), warum sie eigentlich da war und vor allem, ob sie bei uns richtig war. Anschließend sollte dann noch erklärt werden wo man in diesem nicht gerade kleinen Gebäude laufen musste. Das gelang mal überraschend gut, mal auch nicht. Gerade wenn die Verständigung schwierig ist, konnte so etwas schon einmal etwas länger dauern.

Als „kundenorientierter" (ich konnte das Wort

solange vermeiden, warum jetzt nicht???) Azubi waren diese Warteschlangen schon eine gewisse Belastung und man wollte sie so schnell wie möglich abbauen.

Wenn dann jemand vor einem Stand, der noch ewig brauchte den Ausweis aus seiner Tasche zu kramen zerrte das schon sehr an den eigenen Nerven.

Unglücklicherweise sah an diesem Tag auch noch meine Teamleitung zu und wollte beurteilen wie gut ich denn hier meine Arbeit so machte.

Es war kurz vor elf, die Schlange wurde immer länger. Stoßzeit bei uns im Amt. Der Herr der gerade vor mir stand benötigte schon einige Zeit bis er seinen Ausweis aus dem Portmonee gefummelt hatte. Er war offensichtlich sehr nervös und die Situation ihm sehr unangenehm. Darüber hinaus hatte er große Probleme mir zu erklären warum er eigentlich da war. Nicht weil er der Sprache nicht mächtig war, sondern weil er nicht wusste wo er anfangen soll. Und so begann er schon einmal mir sein halbes Leben zu erzählen.

In diesem Moment schob sich ein Herr mit schwarzer Lederjacke an unserem Herrn vorbei und lehnte sich an den Tresen des Empfangs.

„Sach mal, wo is'n der Herr XXXX?", platzte er mitten ins Gespräch.

Die anwesende Teamleitung und ich antworteten fast synchron und zugegeben nicht sonderlich höflich, dass man sich doch bitte hintenanstellen möge und man sich nicht vorzudrängeln hat.

Empört richtete sich der Herr auf und zeigte auf das Abzeichen an seiner schwarzen Jacke.

„Freundchen, denkste ich bin zum Spaß hier. Die Polizei kommt nich' einfach so!"

Ab hier griff die Teamleitung ein. Die Zugehörigkeit zur Polizei war nicht zu erkennen. Der Herr wurde dann noch zu unserem Kollegen geleitet, kurz darauf mussten wir das Gebäude räumen, Grund für das Eintreffen des Polizisten, der nur der erste von vielen war, war mal wieder eine anonyme Bombendrohung.

Ein einfaches Zeigen des Dienstausweises hätte in der Situation sicherlich geholfen…

Bonus III Ausredenlexikon

Die nun folgenden Ausreden sind mal „das Standartprogramm" und mal etwas Besonderes. Eine bunte Mischung warum irgendwas nicht geht, nicht geklappt hat oder man mal wieder Absprachen nicht einhält.

1. Der unangefochtene Klassiker bei versäumten Meldeterminen lautet: „Ich habe die Einladung nicht erhalten". Nicht selten wird diese Ausrede auch verwendet, wenn Fragen zu einem Schreiben bestehen, welches mit der Einladung im Briefumschlag war. Das ist dann wahrlich nicht sonderlich schlau und vor allem nicht effizient. Besonders schlau: Wenn man vorher noch einmal anruft und Fragen zu der Einladung hat.

2. Folgende Antwort erhielt ich auf eine Nachfrage, warum denn eine Einstellung nicht geklappt hatte. Die besagte Person hatte einen Vorstellungstermin mit Probefahrt, bei einem großen Taxiunternehmen.
„Die hatten von Anfang was gegen mich und waren total unfair." Ein Klassiker. Alle anderen sind Schuld und

man selbst hat natürlich nichts falsch gemacht.
Selbstreflektion ist was für Amateure.
Die Rückmeldung vom Arbeitgeber sah dann doch etwas anders aus.
Unser angehender Fahrer fuhr mit 67km/h durch eine Tempo dreißig Zone, überfuhr eine rote Ampel und hat das Autoradio, ganz vorbildlich, auf die höchste Lautstärke gedreht. Zu allem Überfluss war ihm die Funktionsweise eines Blinkers wohl auch nicht vertraut, hat er ihn wohl nie genutzt. Alternativ kann man dem Herrn natürlich auch ein hohes Interesse am Datenschutz unterstellen. „Niemanden geht es etwas an wohin ich fahre…"
Sei's drum! Wir halten fest: Schuld sind am Ende immer die Anderen.

3. Als gewöhnlicher „Fußballassi" könnte ich sogar durchaus Verständnis für diese Ausrede haben. Zu hören bekam ich sie, bei einem Termin kurz nach meiner Ausbildung. Eingeladen war ein Mensch, der vom JobCenter die Mietkaution gestellt bekommen wollte. Dienstagsmorgens um acht ist nicht jedermanns (oder Frau) Uhrzeit, verstehe ich ja sogar. Aber wenn man etwas will… Ihr wisst ja wie es weiter geht.

Die betroffene Person erschien dann gegen 11 Uhr. Am nächsten Tag. Zur Erklärung für die „leichte" Verspätung gab er an:

„Hömma, ich war auf Auswärtsspiel, da war ich einfach noch nicht fit. Hat Späßken gemacht, ein paar Schnappes und naja… Da kam man nicht ausse Kiste."
Hört man im Ruhrpott öfter mal. In diesem Falle hatte es keine Konsequenzen, weil es sich nicht um einen verpflichtenden Termin handelte.
Ob es als wichtiger Grund für ein Meldeversäumnis reicht? Ich würde diese Entschuldigung tatsächlich nicht empfehlen. Solltet Ihr sie ausprobieren informiert mich mal über den Ausgang.

4. Das Raumzeitkontinuum ist etwas, dass man als gewöhnlicher Laie nicht versteht. Für mich war Physik in der Schule schon immer äußerst merkwürdig und kaum nachzuvollziehen. Auch die Sitcom „the big bang theory" hat daran wenig verändert. Ich verstand auch nie wofür ich das noch einmal brauchen sollte. In dieser Situation hätten mir Kenntnisse im Wissen um die Ausgestaltung der Zeit sicherlich weitergeholfen. Man hört im Laufe der Jahre so einige komische Ausreden. Der Klassiker ist und bleibt: „Ich habe die Einladung

nicht erhalten." Dieser Satz reißt hier schon niemanden mehr vom Hocker, entspricht aber wohl größtenteils auch der Realität und wird dementsprechend nicht als faule Ausrede abgetan. Spannend wird diese Begründung, wenn man am 10. eines Monats die Rückmeldung erhält, dass man einen Termin nicht wahrnehmen kann, weil man die entsprechende Einladung nicht erhalten hat. Dieser Termin aber erst am 12. ist. Offensichtlich haben wir auch Menschen in Betreuung die Herrscher über Zeit und Raum sind. Wenn man allerdings soweit in die Zukunft blicken kann um zu wissen, dass man die Einladung zu diesem Termin erst zu spät erhält, dann könnte man natürlich theoretisch auch den Termin wahrnehmen. Oder?

5. Ein Exot. Die schon dämlich ehrliche Antwort. Im folgenden Beispiel absolviert ein Herr eine Weiterbildung. Das Ziel der Weiterbildung spielt keine Rolle, Fakt ist aber: der Betroffene hat sie sich selbst ausgesucht und wollte diese auch absolvieren. Jeden Monat erhält mal eine Übersicht über die Fehltage und die Begründungen für die Fehltage vom Träger der Weiterbildung. Hierbei gab unser Herr bekannt, dass er zwei Tage nicht teilnehmen

konnte, da er eine Küche „für jemanden" aufbauen musste.

Erstens: gehen hier alle Alarmglocken wegen möglicher Schwarzarbeit an

Zweitens: Unentschuldigtes Fehlen kann unangenehme (auch finanzielle) Folgen haben.

Ich schätze Ehrlichkeit sehr, in diesem Falle zeugt sie dann aber eher davon, dass zig andere Dinge auf einmal viel wichtiger sind als eine geregelte berufliche Zukunft.

6. Da mir in einigen Bewertungen zu viel künstlerische Freiheit vorgeworfen wird, ein kleiner Hinweis: Ja, ab und an ist es rhetorisch etwas drüber. Aber die Situationen hat es tatsächlich alle gegeben. Diese auch. Die Kundin wurde schriftlich aufgefordert sich zu bewerben. Soweit so normal. Dies tat sie nicht. Auch das ist, leider, ziemlich normal. Als Begründung für ihr Verhalten folgte eine Kette, welche an Plausibilität nicht mehr zu überbieten ist. Ich fasse diese kurz (und nicht überspitzt!) zusammen:

- von Arbeit gerät sie in Stress (soweit so normal)
- von Stress bekommt sie Pickel
- Wenn sie Pickel hat findet ihr Mann sie nicht mehr schön.

Den nächsten Schritt (war tatsächlich in dem
Schreiben aufgeführt) erspare ich euch jetzt mal.
So liebe Steuerzahler: das sollte als Begründung
ausreichen diese wertvolle Person quasi in ein bedingungsloses Grundeinkommen zu entlassen,
oder?
Die Dame hat bereits einige Kinder... ich persönlich finde ja: ihr Mann hat sie nun oft genug schön
gefunden ;-).
Vielleicht steckt hier ein Hauch Ironie im Satz.
Nur so als Hinweis, für alle die das nicht erkennen.

7. Jetzt wird die volle Breite des zu eng sitzendem
Aluhutes ausgepackt...
Es gibt eine Dame mittleren Alters, die es seit vielen Jahren versäumt Termine in unserem Jobcenter
wahrzunehmen. Artig und preußisch akkurat wie
sie ist antwortet sie (leider) auf jede Einladung.
Sie wird die Termine nicht wahrnehmen. Aus Prinzip nicht. Ähnlich verhält es sich mit allen möglichen Formen von Arbeitsaufnahmen. Immerhin sei
sie eine Kriegsgefangene, würde ununterbrochen
illegal sanktioniert werden. Dieser Staat hätte keine
gültige Rechtsordnung und das Grundgesetz sei nur
ein Unterdrückungsprogramm der Alliierten. Deren
östlichen Bestandteil, sie regelmäßig um Hilfe bit-

tet. Die Regierung besteht Transgendern, Nazis und Satanisten (für die Dame ist vermutlich ersteres am schlimmsten) und sowieso hätte man ihre Familie enteignet und sie nun in diesem gigantischen Kriegsgefangenenlager eingesperrt. Zwischen all den Beleidigungen in ihren Schreiben finden sich dann immer wieder Hinweise auf die Haager (die sie gerne Hagener LKO nennt) Landkriegsordnung, die ihr ja eine Rente garantiert.

Frau Reichsbürgerin: Die Haager Landkriegsordnung garantiert Ihnen übrigens noch etwas: die Pflicht (!) zu arbeiten.

8. Ich habe Anspruch darauf…

Zugegeben den oben genannten Satz hören wir hier, meistens zu Unrecht, verdammt oft. Es gibt viele Dinge auf die ein Mensch Anspruch hat. Im konkreten Fall vor allem auf Urlaub. Als Person in einem Arbeitsverhältnis hat man Anspruch auf Urlaub. Korrekt. Diese Person hat nun eine fristlose Kündigung erhalten und kann absolut nicht nachvollziehen warum. Immerhin sei sie nur in den Urlaub gefahren und der stehe ihr ja zu. Klingt erstmal logisch. Scheinbar hat diese Person nur vergessen dem Arbeitgeber von ihren Urlaubsplänen zu unterrichten. Darauf hingewiesen, dass man nicht einfach so in den Urlaub fahren könne, reagierte sie äußerst ungehalten. *„Das steht mir zu, das muss ich nicht anmelden… außerdem muss man einem das vorher sagen."*

Dummerweise stand genau das sogar im Arbeitsvertrag. Von Unwissenheit kann also wahrlich nicht ausgegangen werden.

Zu einem angemessenen Ende gehört, dass man sich bei allen bedankt die es irgendwie verdient haben.
Als erstes bei den Damen und Herren, welche noch einmal über diese Zeilen drüber geguckt haben.

Danke auch an den Essener „Bereichsleiter", an Marvinho und Marco für eine geile Zeit in Essen. Danke an Hulky, Marianne, die wilde W., Bianka, die vegetarische Christin, die Zecke Chris, Holly, Lance und alle die ich hierbei vergessen habe für die geile Zeit und den Beistand zu schwerer Zeit.

Selbstverständlich auch bei Steffi, dafür, dass sie mir immer wieder den Rücken frei hält. Nur so kann ich diesen „Mist" hier machen. Bei der Familie, allen Freunden.
Darüber hinaus muss ich mich ausdrücklich bei denen bedanken, die mir bei Facebook immer wieder schrieben, aus den „Zitaten des Tages" muss ein Buch werden. Nun habt Ihr den Salat!